心のしおり

初心者俳句入門 in香港

尾原 葛

リトルズ

香港にて

一九九五年から二〇〇一年の六年間、私は香港で暮らしていました。夫が中国の経済特別区の深圳市で勤務することになったのです。その頃、中国本土の治安は悪く、深圳市にある日系企業の職員の家族の住まいは、一般的に治安の良い香港でした。実際、深圳市でミニバスに乗車した日本人が、身包み剥がされて山の中に放り出された話がありました。

夫はウイークデイは、深圳の会社の敷地にある日本人四人の専用の寮で暮し、週末や休暇の折に香港で過ごしていました。実質私が香港のことを熟知せざるを得ませんでした。

私は三月三十一日に地方公務員を五十一歳で早期退職し、四月に香港に来ました。右も左もわからない

コーズウェイ・ベイの香港そごう

スターフェリー乗り場の旧九龍駅時計塔

まま生まれて初めて、海外で暮らすことになりました。その頃、香港の公用語は、英語と広東語でした。広東語は昔の日本の旧漢字に近いので、漢字を見れば少し理解可能な文字がありました。でも、漢字ばかりの書体を見ると、眩暈がしました。夫がいない時、食堂・レストランに入って注文が出来ず、一人で入れたのはマクドナルドでした。

香港の広さは東京都の半分位で、人口密度は東京より高く、世界有数の人口過密都市でした。その頃、日本ではまだ携帯電話は普及していませんでしたが、香港では既に電車や街中で普通に使われていました。徳島で生まれ育って五十一年、超高層ビルが建ち並び、世界中のブランド品が売られ、至る処にある宝石店。観光とフリーポートの香港は大都会でした。当時、徳島にあった百貨店はそごうのみ。香港では、香港、英国系、中国系、日本系では、伊勢丹、西武、そごう、大丸、東急、松坂屋、三越等が競い合っていました。田舎の小母さんにとっては、お伽話に迷い込んだ感でした。

百五十年前アヘン戦争の後、小さな漁村だった香港島は英国の植民地となり、その後、世界で有数の国際金融センターとなり、アジアの自由貿易港として、資本主義社会として繁栄して、百年近くたっていました。中国では一九七六年の毛沢東下の文化大革命で国内は疲弊していました。そんな中国経済を立て直すべく、数回の失脚の後復権した鄧小平が、一九七九年に改革開放政策で資本主義経済を取り入れる経済特区のシステムを導入しました。対外開放をし、外国企業や華僑の資金と、中国の安い労働力を使っての経済発展を目指しました。ある意味一国二制度に近いシステムです。今の中国を見ますと、その経済政策は成功しています。日本の大手の企業の東芝、シャープ、パナソニック、エプソン等が深圳工場を置くと、下請けの中小企業も深圳へ移転せざるをえなくなったのです。日本の製造業が深圳に集まり、企業の職員の家族が香港在住になったのです。

香港で何を始めればいいのか？と考えて取りあえず語学学校に行くことにしました。

香港島の日系の学校なので、生徒は日本人ばかり。北京語は声調が四声、広東語は声調が八声。四声でも難しいのに広東語は到底無理。やはり、英語の方が優しい。そこで、英語クラスに入りました。

何故かクラスで知り合った日本人に「俳句」をしませんかと声を掛けました。今思い出しても、どのように声掛けしたのか記憶にありません。優しそうな、婦人、奥様が竹原由美子さんでした。何処で、句会をしたのか？　多分高級ホテルのようなマンションの由美子邸だと思いますが。十月と十一月、尾原葛と竹原由美子さんとの二人だけの初句会でした。句会の記録は「心のしおり」（第一号）と名づけた冊子にまとめました。

そして、十二月には五人の俳諧師が揃い、その後、八名にもなり、「心のしおり」五十号、「麻煩」（広東語で煩わしいこと）を十二号まで香港在住中に作りました。

異国の地で何故か世界で一番短い詩・ポエムに関わった記念の冊子が捨てがたく、初心者俳句入門の本としてまとめてみたいと思い立ちました。香港での充実した六年間の暮しと、在住の奥様方の心模様等々。尾原葛の「独断と偏見の呟き」を――。

目次

心のしおり

（1995－1999）

●「心のしおり」参加メンバー

尾原　葛　50代　徳島
竹原　由美子　40代　札幌
井上　真澄　40代　東京
川端　のぞみ　20代　福井
代永　由果　10代　横浜
福田　裕子　20代　広島
伊藤　善子　30代　生まれは長崎
大西　幸子　50代　香港（大西紗智子）
竹原　真紀　20代　札幌
伊藤　雪枝　60代　水戸
小林　都良　70代　帯広
江本　美子　40代　名古屋
吉澤　睦美　30代　横浜
萩野　百合子　40代　東京
大須賀てる子
才田　康子　30代
石崎　久枝
斎藤　光世
佐々木羊子

心のしおり（1号）　一九九五年十月・十一月　由美子邸にて

竹原由美子／尾原　葛　二人での句会

【十月】

香港の窓辺を飾る菊の花　　由美子

飾る、説明しなくともわかるのです。

例 香港の窓辺に菊の花たわわ

香港の窓辺に鉢の白い菊（葛　添削）

海の橋はるか昔と今つなぐ　　由美子

昔は、はるかなんです。

例 海の橋昔と今をつなぐ夕虹

海の橋昔と今をつなぐ朝焼け（葛　添削）

栗ゆでて娘と食べし秋ふれる　由美子

ゆでて、食べし、ふれる三つの動詞が気になります。

参考までに、「栗」と「秋」は、秋の季語。

例 栗ゆでて娘と夜の秋にふれ（葛　添削）

香港の汗ばむからだ秋暑し　由美子

香港で暮している私達には、実感ですが、ここに鹿児島、沖縄、徳島とどこにでも置き換えられるのがちょっと問題。

先の「栗ゆでて」の栗は、かえられません。

参考までに、「汗」と「秋暑し」は季語。（葛　呟き）

空青く異国の風も秋の色　由美子

風も秋の色、ここが面白い。きっと街行く人の服も、木々や草花も秋の装いになって

いるのでしょう。（葛　呟き）

焼き豚を作りし鍋に生姜入れ　由美子

鼻唄で焼き豚を作っている、幸せそうな主婦の姿が浮かび上がってきます。（葛　評）

ながむるはピーク登りて今日の月　由美子

ながむる、はいらないのです。

例 小家族ピーク登りて今日の月（葛　添削）

標高五五二メートルの香港のビクトリアピークの夜景は世界三大夜景と称され「百万ドルの夜景」と言われています。

娘去り音なき部屋に菊残し　由美子

いい句です。でも、さらに良くするとすれば、「さり」と「残し」がつきすぎですので、

例 娘は留学音なき部屋に菊残し（葛　添削）

俳句の基本は、五、七、五の十七文字で文字数が少ないので、出来るだけ無駄な言葉をつかわないのです。（逆に、長い間俳句に関わっている私は、普段の些細な会話を疎かにしている気がしています。反省！）（葛　呟き）

脂肪太り金魚にもある二重顎　葛

考えたこともないけど、よく観察してみるとそうですね。（由美子　評）

近眼と老眼首から夕焼けて　葛

この句、好きです。あったかい夫婦の姿がみえます。（由美子　評）

烏瓜心やすらぐひらがな文字　葛

からすうり、やさしい感じの文字なのかしら――（由美子　評）

香港の公用語は英語と広東語です。でも住民の九十パーセント以上が広東人なので、街には広東語の文字の羅列、漢字、漢字、漢字で目が疲れます。日本語は漢字の間にひらがな、カタカナがあり、柔らかく心がやすらぎます。（葛　呟き）

脂肪酸かたまる鎖状に金魚群れ　葛

身体の中の脂肪酸のことかな？（由美子　評）

蜩が耳鳴りのごと四肢に老い　葛

今まで、何気なく聞いてきた蝉の鳴き声も、時には、うっとうしく思うときもあるのでしょうか、それが、老いでしょうか？（由美子　評）

晩夏とは化粧落とした女の背　葛

よく意味のわかる句です。（由美子　評）

海原に漕ぎ出すカヌー月仲秋　葛

きれいな句、状況がみえます。（由美子　評）

いかづちの被写体となる摩天楼　葛

いかづちのって、何なのかしら？（由美子　評）

摩天楼のみ込む雷鳴円暴落　葛

新聞の見出しに大きくおどる円暴落の字、誰もが驚くカミナリのように――（由美子評）

【十一月】

散歩道空みあげれば葛の花　由美子

みあげる、が気になります。

例　散歩道空の隙間に葛の花
　散歩道石垣高く葛の花（葛　添削）

金木犀何もかたらず二〇〇年　由美子

木は人間や動物のように、移動出来ません。その代り何百・何千年もの間、同じ地に存在可能です。この金木犀も、二百年同じところに立ち続け、馬鹿な人間達の生きざまをじっと見続けてきたのでしょう。良い句です。（葛　評）

金木犀大木なりて香り静　由美子

例 金木犀大木霧のごとき香（葛　添削）

この年で学生もどりて英字ひく　由美子

この年、がわかりません。三十、四十、五十——

例 学生にもどり辞書ひく秋四十路（葛　添削）

空とうみながめて心おだやかに　由美子

ながめて、が気になります。ながめていた時の空とうみは？

例 空とうみ水平線にまざりあい（葛　添削）

むしの音が静かにきこえる摩天楼　由美子

静かにきこえる、が気になります。できれば静かに、悲しい、楽しい、嬉しい等の言葉を使わずに、それらのことが解る表現で、作句してくだされ。

例 むしの音のまっただ中に摩天楼（葛　添削）

うたた寝の父と子電車夕焼けて　葛

お休みの夕方、遊び疲れたお父さんと子供、よく見る情景です。（由美子　評）

ちぐはぐな夫との会話木の実落つ　葛

会話が途切れて、歯車の合わないこともありますね。私もこんな句、よみたいな。（由美子　評）

ハンカチは木綿が好きと母似の娘　葛

良くわかる句、いつのまにか感覚が似ていて驚くのよね。（由美子　評）

赤とんぼ無くて七癖　まあいいか　葛

なんか、おかしな句、でも、よくわからん句。（由美子　評）

生命線伸びて縮んで夏終わる　葛

なんだかんだと言いながら、夏も終わったという事かしら？（由美子　評）

広東語丁々発止と夏太鼓　葛

元気の良い広東語と夏太鼓、そういえば共通しているね。（由美子　評）

素手素足自由自在にあいうえお　葛

のびのびとした、しなやかな手足、想像できるけど――かきくけこ――（由美子　評）

雲の峰消しても消しても広東語　葛

雲の峰ってなあに？（由美子　評）

風の径
通り抜ければ
春岬

蔦

心のしおり（2号）　一九九五年十二月六日　由美子邸にて

竹原由美子／井上真澄／川端のぞみ／代永由果／尾原　葛　五名

古都にさく色うすき冬ざくら　由美子

京都や奈良での暖かい冬の一日の観光、そんな情景が眼の前に浮かびあがってきます。古都と色うすい冬ざくら、よく写生ができていて申し分なく、よくできた句だと思います。（葛　呟き）

朝シャンを真似て中年風邪をひき　真澄

中年・老年を馬鹿にスルナ！　精神的な成熟度？　では若者なんて目じゃないんだから。そう思いませんか？　でも、やはり体力的にゃ若者にはかなわない。やっぱー、朝シャン、風邪をひき――です。（葛　呟き）

漢字辞書探し疲れた冬木立　　葛

人恋しくなる秋、なつかしいあの人へお手紙でもと思いペンをはしらせたのでしょうか、が、あの字この字とでてこない。そこで漢字辞書を部屋中探したのでしょうか。探し疲れてふっと窓辺をみると外はもう冬木立、人生もこのようなものでしょうか。（真澄　評）

家族みな馬鹿の大足赤とんぼ　　葛

ユニークな句だと思いました。大足をみてみたい気もいたします。ちなみに我が家は、まぬけの小足ですが。（真澄　評）

秋晴れに宝石かきわけゆらゆらと　　のぞみ

ダイアモンド、水晶、ルビー、金銀、宝石をかきわける。なんとも羨ましい光景！婚約指輪、結婚指輪、それとも有閑マダムの時間潰し、かと思ったのですが、作者曰く、スターフェリーから覗いた海面のさざ波が太陽の光を浴びて宝石のように輝いていたからとの由。このように俳句は、一度作者の手をはなれると、読み手によって、鑑賞者の力量によって思いもかけなく独り歩きするものです。（葛　呟き）

冬の敵乾燥肌とせいでんき　（作者不明）

なるほど、なるほど、わかります。でも、敵が少しかたいので——。

例　冬兆す乾燥肌と静電気（葛　添削）

朝支度あかねの空に手をとめて　由美子

季語が無くてもいい句は、沢山ありますが、この句の場合、春夏秋冬いつでもあかねの空はあるので損をします。

無季俳句で「しんしんと肺碧きまで海のたび　篠原鳳作」があります。

例　朝支度あかねの空にいわし雲（葛　添削）

白髪をぬけなくなった四十路かな　真澄

三十代のうちは、たまに生える白髪をなにげなく抜いていたのだが、四十代になると白髪が多くなりそうも言っていられない。いちいち抜いていると時間も大変だが、白髪を抜いてしまうと髪の毛が薄くなってしまう――、そういうことなんでしょうか？

ちなみに、冬の季語に木の葉髪というのがあります。

例 木の葉髪白髪をおしむ四十路かな（葛　添削）

赤とんぼ夕日にはえて秋の風　（作者不明）

とんぼ、秋の風、二つも秋の季語で損をしています。
例 赤とんぼ夕日に黄金色の風（葛　添削）

湖沿いに曲がれば冬に入る木立　葛

情景浮かびます、経験あります。好きな句です。（真澄　評）

霧かすみ遠く彼方かビルの影　（作者不明）

カスミ、遠く、彼方、三つとも遠いことを言っています。
例 ビルの影霧の彼方に七重八重（葛　添削）

冬の風体をつつみにぶくなる

（作者不明）

冷たい冬の風の中で長い間いると、体がすっかり冷え切ってしまって何も感じなくなってしまった、ということなんでしょうか。

例 鼻の先指の先まで冬の風（葛　添削）

息子よりダウンどこかと声かかり

（作者不明）

子供の頃は、何でも話していた息子だったが、中学、高校、大学となるにしたがい、次第に無口になってくる。そんな息子が、久しぶりに言ったことばが――、そんな状況だろうか？ それとも、一人下宿住まいをしていて、母親がどこかの荷物に入れてあるのを、電話で聞いてきたのか――。ジャケット、ジャンパー、ダウンコートなら冬の季語。

例 息子よりジャンパーどこかと受話器から
ダウンコートどこかと低く息子の声（葛　添削）

白ゆりを十本買っては頭痛して　真澄

面白い句です。作者はなにげなく作っていると思いますが、この句は、もし、数年俳句に係わることになれば数年後にぜひもう一度見てほしい句です。数年たてば、面白さがよく解ると思います。ただし、

例 白ゆりを十本買って頭痛して
「は」はいりません（葛　添削）

赤とんぼ犬におしえて知らん顔　真澄

知らん顔が、犬なのか作者なのかが少し分かりにくいので、

例 赤とんぼと言っても尻尾振らぬ犬（葛　添削）

なつかしき足早になる雪が舞う　（作者不明）

「なつかしき　足早になる　雪が舞う」三段切れと言って少し読みづらいのです。一応俳句は、二句一章と言って二段切れの方が音律が良いのです。空は青く晴れながら、

チラチラと雪が舞うことを「風花」という冬の季語があります。

例 風花に浮かぶ古里山や川（葛　添削）

海風が肌をつき刺すピューピューと（作者不明）

渚とか、岸壁に立っていると肌をつき刺すように冷たい風が、吹き抜けてゆく、そんな状況でしょうか。季語を足して、

例 冬の海肌をつき刺す風ヒュルル（葛　添削）

あさあけるあかねいろに空そめて（作者不明）

夜明けのあかねいろの空、四季を問わずに見られると思います。でも、句を作るとき理想は、時、場所が分かるのが良いのです。その点、季語がひとつ有ればその句の季の状況が、すぐに読み手に理解できます。だから、季語は便利な言葉なんです。

例 あさあけのあかねいろの冬の窓（葛　添削）

香港（うら山）に紅葉みつけてハゼと知り（作者不明）

散歩をしていて、紅葉が無いと思っていた香港で紅葉を見つけた時の驚きなんでしょうか。近づいて見ると、それはハゼだった。そんな状況なんでしょうか？　ハゼ紅葉、秋の季語です。

例　香港の山を彩る櫨紅葉（葛　添削）

朝日さす窓を開けては窓を閉め　（作者不明）

季語を入れるだけで、簡単にその場が見えてきませんか？

例　朝寒に窓を開けては窓を閉め（葛　添削）

足踏みしている冬の珊瑚礁　葛

珊瑚礁は、一年に数ミリしか成長しないそうですね。人間同様珊瑚礁も春がまちどおしいのでしょうか。それとも、ご自分を珊瑚礁にたとえたのでしょうか。（真澄　評）

友とゆくあかく染めにし山みほれ　（作者不明）

例　友と行く紅葉山に頬染めて（葛　添削）

四苦八苦句をつくらねばメリークリスマス　葛

心境解ります。句をつくらねばと思いつつ、街はどこもかしこも、メリークリスマスですよね。（真澄　評）

メリークリスマス街角で待ち合わせ　葛

とてもロマンティックな句に思えました。雅夢の愛はかげろう、なんて聞きながらこれを書いているせいでしょうか。（真澄　評）

朝寒や故郷恋し山燃えぬ　のぞみ

秋も終わりのころのちょっぴり寒い朝、台所で朝食の準備をしていると窓の外の山が、すっかり紅葉しているのに気がついた、そんな山の紅

由美子邸近くの公園で

葉をみていると、なぜか急に、故郷が恋しくなってきた。そんなことなんかなあ～。良い句です。（葛　呟き）

アイ　ライク　ブルースカイ

ステップ1で、アイライク――という授業がありました。私の好きなものは、青空です。アイライク　ブルースカイです。

私は悲しい時、困った時があると、空に向かってお願いします。空の向こうには、私たちを支配する、大自然のはからいがあるように思うのです。もちろん、うれしい時は、青空に向かってありがとうを言います。

結婚生活二十四年目に入り、平凡でつつがなく毎日がすぎてきたように思いますが、やはり人の道、おいそれとはゆきません。子育て、夫婦の仲など、いろいろありまして、特に子供が大きくなるにつれ悩みも深く、また主人との溝も時として大きくなるものです。

老いた親にも言えず、いつも悩みなどないのよと、そう思われている私には少々つらい時もあります。そういう時というのは、なぜか友達が幸せに見えるもので、いつからか空に向かって力をくださいとお願いする様になりました。

去年の今頃は、二浪の息子を思い、あの子にとって一番良い道に導いて下さいとお願いしました。二浪も息子と私達には、必要な事と受けとめていました。

また、主人も仕事では苦しみを味わい、そばで力のおよばない自分をはがゆく思い、いつも大自然の空に向かって、主人に力を与えて下さい、助けてくださいとお願いしたものです。

苦しい事、悲しい事もすべて私にとって必要なことと受けとめ、自然の移ろいになぐさめられて、今日までできています。香港という思いもかけない所での生活、私にとって人生のおまけの様に思うのです。英会話も上達しなくてもよい「なんだかわからないけど楽しかったね香港は」と言えるように、心がけて生活したいと思います。若い皆さんと友達になり、一緒に机をならべて学ぶことがうれしいのです。香港の青空ももちろん大好きです。由果ちゃん頑張りましょうね。みなさんよろしくね。アイ・ライク・ブルースカイ！

（由美子）

香港にて

香港へ来て、もうやがて九か月。なのに、なにもせずスタートラインで立ちつくしたまま、いまだに方角をさだめかねている愚かなランナー、そんな気がします。好きなことは、家の中でごろごろしていること。テレビの前で一日座っていること。掃除をしながら、ふっと手にした本を読んでしまうこと。テニスも好きだが、五十の手習いにて、テニスエルボーでストップ。旅行は大好きなんですが亭主に休暇がなく一人で遊び惚ける訳にもゆかず。でも、やらなければいけないことも、一応それなりに有るのだが、なかなか手につかない日々。見るもの、聞くものに心を動かされるのだが、いまひとつ、走りだせない。こんなことでいいのかー！と自分自身を叱咤激励。でも、スタートラインで立ちつくしている——。

でも、いつかはきっと、走りだすだろうヨタヨタと——。

（葛）

春キャベツ
ややわここが
居場所です

蔦

心のしおり（3号）　一九九六年一月十七日　由美子邸にて

竹原由美子／井上真澄／川端のぞみ／代永由果／福田裕子／伊藤善子／尾原　葛　七名

冬日さすイヤホン耳に雲の上　　真澄

飛行機の中では、音楽や映画の音声はイヤホンで聞くようになっています。この作者も音楽を聞きながら雑誌に目をとおしていたのでしょう。そのうちに、活字を見るのにも飽きてきて、ふと窓に目を移すと暖かそうな冬の日差しが、あたかも後光を射すかのように雲海の隙間から差し込んできて、思わず身も心も清々しい気分になった。そんなひと時なんでしょう。いい句です。（葛　呟き）

車窓から故郷思わす初朝霜　　善子

出勤途上か、或いは旅行の折りか、乗り物に乗っていて窓に目を移すと、今年初めての霜が、朝の光りを浴びてキラキラ輝いている。そんな朝霜を見ていると、急に故郷のことが懐かしく思い出されてきた。いい句です。こんな感じで作ってゆけばグー！（葛　呟き）

冬休みドタバタの後皿洗い　由果

ドタバタを少し具体的にしてみると――

例 冬休みいとこ帰って皿洗い（葛　添削）

時差のせい元旦そばで餅はまだ　のぞみ

日本で暮していれば、「時差」や「国境」などは縁がありません。日本と香港の時差は一時間です。日本の方が一時間進んでいます。カナダやアメリカでは一国の中で、四つも異なる時差があります。日本人には理解不能です。（葛　呟き）

水際で踊る水鳥フラミンゴ　葛

情景が目に見えるようです。フラミンゴの仲間たちが、山か森の中の水際にたくさん集まっていて、水遊びをしてはしゃぎまわっていたり、会話を楽しんでいたり、また自分達の体の疲れをほぐすため休んでいたりと色々なフラミンゴ達。一度見て見たい情景です。あっ、もしかしたら、動物園なんでしょうか？（のぞみ　評）

秋刀魚焼きはるか故郷を懐かしむ　裕子

はるかを少し具体的に――

例 秋刀魚焼き故郷の父母懐かしむ（葛　添削）

買いあさるブランド冬日の特攻隊　葛

わかります。香港の街、なにげなく歩いているだけで目につきますよね。特に日本人のその姿！左手にガイドの本、また両手に買い物袋をいくつもさげて、そして、次は何処へ行こうかと立ち止まって地図・ガイドをゆびさして――。それを見ている自分たちも同じ日本人という事に気が付いて、あ～ぁはずかしい。（のぞみ　評）

香港の師走に向日葵四季何処　善子

例 香港の師走に咲いてる大向日葵（葛　添削）

いつ逢えるにやりと笑みが賀状見て　のぞみ

例 逢える日を思い微笑む賀状みて（葛　添削）

もて遊ぶゲーム機ピョコピョコ冬うらら　葛

「ピョコピョコ」が何とも言えないくらい可愛らしい表現！冬の日差しが温かい今日この頃、ゲーム機で遊ぶ、羨ましいです。この「もて遊ぶ」は、ゲーム機、それとも暇でしょうか？（のぞみ　評）

こもかぶり日ざし恋しや寒牡丹　真澄

日中といっても底冷えのする寒の日々、こもを掛けられた寒牡丹が、弱々しい冬の日ざしを浴びて健気にも咲いている。そんな情景でしょうか。（葛　呟き）

冬空に昔変わらぬ光の絵　のぞみ

光の絵がわからずンン――？　星のことなんですって！

例 冬星座昔と同じ光の絵（葛　添削）

喉元を過ぎれば冬夜の語りぐさ　葛

「喉元を過ぎれば」という点が理解できなかった時私は、冬の夜、熱～いお茶でも飲みながら、ご主人様と最近の話等で、楽しい話、故郷の話などで会話が盛り上がっていたのかと思ったのですが――。よーくよく聞けば「喉もと過ぎれば――忘れる」という言葉がありましたよね！　その「忘れる」にかけて昔の思い出をなつかしまれたのですね。大変、面白い句だと思いました。（のぞみ　評）

文字並べ指おりまげて俳句かな　由美子

例 文字ならべ指おり俳句冬うらら（葛　添削）

我時の流れ写しきチャイニーズ　善子

「我時の流れ」どんな流れなんか？　わから～ん！　なんか？　わから～ん！（葛　呟き）

花八ッ手夫は腕組みして眠り　葛

「花八ッ手」とは何でしょうか？（植物の八ッ手です）私の夫も腕組みをして眠る姿をたまに見ます。それは何か考え事をしている夢でも見ているのかな？と思っていたのですが、最近は寒いのかな、と思うこの頃です。（のぞみ　評）

新わらのこもしきかぶり寒ぼたん　真澄

一句として仕上がっていますが、こんなふうにも——

例　新わらのこもの匂える寒ぼたん

参考までに、新わらは一応秋の季語でもあります。（葛　添削）

年明けて夢か真かこの景色　のぞみ

この景色が、わから～ん！

例　年明けて夢か異国の朝景色（葛　添削）

息白くかすかにふるえ蝋梅の花　由美子

蝋梅は中国の花で、唐梅とも言います。幹の長さが二～四メートルで厳寒の頃、葉がでる前に香りのよい黄色い花を下向きまたは横向きに開きます。と、歳時記に記されていますが、私はまだ見たことがありません。

多分、寒さで吐く息が少し白く見えるような大気の中に、蝋梅の花が寒々と、ふるえるように咲いていた。かすかに震えているのは息なのか、それとも、花びらなのか――、との作者の呟きでしょう。参考までに、「息白し」は冬の季語です。（葛　呟き）

金くれと袖のたまとにねばり負け　善子

金食い虫の娘や息子が、親にねだっていたのかと思ったのですが、作者が言うには、ホームレスのことだそうです。

例 金くれとたもとに冬陽のホームレス（葛　添削）

俳句

私は、香港に来て、俳句を作るとは思わなかったです。自分とは、無縁だと思ってました。

「ひらり」を見て勉強をしょうと思ったら、（ひらりの）お母さんは、男の人（天までとどけのお父さん役の人）と不倫をして、俳句が全然出てこないのでどうしましょー。

私は、まだ四句しか作ってない未熟者ですが、よろしくお願いします。

葛さん、見捨てないで下さいね！　そして、由美子さん・真澄さん・のぞみさん・ひろ子さん・よし子さん、よろしくお願いします。

〈プロフィール〉代永由果　昭和五十一年十月十二日生まれ

てんびん座・B型

好きな物＝バナナ先生・まっ茶・ふろふき大根　（由果）

心のしおり（4号）　一九九六年二月七日　潮州皇宮酒楼にて

竹原由美子／川端のぞみ／代永由果／福田裕子／伊藤善子／大西幸子／尾原　葛　七名

叔母逝きて皺ひとつ増え歳の暮れ　幸子

なんとなく寂しい句ですが、自分の気持ちをこのように句で表現できて素敵です。（裕子　評）

チューリップ顔を見るのが待ちどおしい　善子

例　チューリップひがな一日花を待ち（葛　添削）

足早に急ぐ背中に白い息　裕子

こんな感じでいいのですが、足早と急ぐは同じ——

例　足早に大きな背中白い息（葛　添削）

春の日に集いてさえずるタガログ語　（作者不明）

香港で暮していると、実感としてわかるいい句です。香港には、高学歴のフィリピンのアマさん（家政婦さん）が沢山出稼ぎにきています。日曜日になると、セントラルの皇后像広場に彼女たちはやってきて一日中、夕暮れまでそこで過ごします。聞くところによると、香港では余り広くないマンションでも、アマさんがいて、狭い台所が寝床になっているケースもあるらしいとか。アマさんは日曜日が休みなので、狭い住居で香港人と顔を突き合わせるより、友人と公園で心ゆくまで一日中語り合うのを望んでいるのです。でも、宵闇迫る公園や繁華街の片隅で、ぼんやり座り込んでいる彼女等を見かけると、何だか寂しい気持になります。国が貧しいから庶民はよその国に行って働かんといかんのじゃ〜と。でも、考えてみると、我が家も一緒じゃ。我が家の亭主殿も他国で働いとる！　私はブラブラしてるけど——。（葛　呟き）

雪衣はおりてそびえる富士の山　裕子

これでいいのですが、ちょっと「て」を取ります。

例 雪衣はおりそびえる富士の山（葛　添削）

風音で寝返る度に毛布とる　　のぞみ

これでいいのですが、言葉をちょっと入れ替えると、感じが変わります。

例 風音で寝返る度に取る毛布（葛　添削）

日向へと移す水仙六分丈　　幸子

早く大きくなってほしいという気持ちが伝わってきます。（裕子　評）

香港街旧正向かいて赤と金　　由美子

これでいいのですが、少し言葉を入れ替えて――

例 香港の旧正街は赤と金（葛　添削）

旧正へセールの街を揉まれゆき　　（作者不明）

とてもきれいで、状況のわかる句です。（裕子　評）

オイオイと結球白菜よんでみる　葛

香港では、白菜は四分の一か二分の一に切り分けてあって、あまり一球の白菜をみることがありません。私も一球の白菜と出会ってこのように声をかけてみたいものです。
（裕子　評）

冬夜空ポカリと浮かぶだえん月　由果

面白い句です。作者はその日、楽しい、幸せな一日を過ごしたのでは無いでしょうか。そして、夜になって昼間の楽しかったことを思い浮かべながら空を見上げると、冬の夜空に、楕円形に見えるお月さんがポカッと浮かんでいた。そんな情景でしょう。面白い良い句です。（葛　呟き）

ジャニユアリーその次の月フェブラリー　（作者不明）

もし、花鳥諷詠の方々が目にすれば、俳句ではないと言われそうですが、私は面白い

と思います。何でもあり、俳句、イーコール、ポエムです。（葛　呟き）

私語交わす黄水仙の水彩画　葛

水彩画が額の中で、楽しそうにおしゃべりをしている姿が浮かびます。（裕子　評）

揉み揉まれ歳末セールの品選び　幸子

ほんと、どこへ行ってもセールで、いろいろ欲しくなるものですね。（裕子　評）

おぼろ夜の地球はみだす象の鼻　葛

どうゆう意味なんだろうなーと、いくら考えてもわかりません。だけど、何となくおとぎ話にでてきそうで不思議な句です。（裕子　評）

コンクリ地羽を休めし春の蝶　由美子

コンクリ地、辞書を引くと、コンクリートがいいように思います。単に蝶といえば、春の季語なんです。

例 コンクリートに羽をやすめし蝶（葛　添削）

季語の掟？

室町時代の能楽・狂言が流行した頃、王朝貴族の独占から拡散した集団文芸が連歌である。連歌は、短歌の上の句五、七、五と下の句七、七を交互に詠みあわせ、一首を合作し、連鎖風につづけていく集団文芸で百韻、五十韻、三十六句から成る歌仙などがある。その連歌の一番初めの五、七、五の初句が、俳諧、俳句に成ったのです。

と、ものの書に記されています。

で、その発句には、必ず季語を入れなさいという決まり、掟があるので俳句は、その教え？によって一応、季語を入れて句を作るのが原則なのです。でも、新しく物事を考える、俳人の中には、季語のない俳句も受け入れています。また、無季の俳句も一行詩？のような俳句も作っています。ただし、花鳥風詠をモットーとする人は、季語の無い句や、一行詩のような俳句は俳句とは認めません。季語が二つ入ることにも厳しい目をむけています。

と、まあ俳句にも、いろいろありますが、一応基本は、十七文字に季語を入れて作るのが原則です。そんな原則を踏まえた上での、字余り、字足らず、無季、結構です。自由奔放に作句しましょう。

（葛　呟き）

「時の流れ」

時間が進み、月日が経ち、そして時が流れていく。

そう、あれは、ちょうど一年前でした。香港　という言葉が主人（その頃はまだ彼でした）との会話の中に出て来たのは――。

「えっ!!」やはり驚きました。なにしろその頃私は、大の外国ぎらいでした。海外は、新婚旅行だけで十分と思っていましたから。国内旅行は好きでしたが、海外旅行には目もくれず、ましてや、その外国での生活なんて、とても想像もつきませんでした。

それが今では――信じられないこの変化！

時が流れるのは早く、香港に来てやがて約十ヶ月。いつも何かしなくては――と気だけが焦るのですが、今だ何もせず、毎日時間だけが流れて行くこの頃です。

先日、ふと主人の頭に目をやって、白髪を一本見つけました。

〝あっ、苦労しているんだなぁ～、仕事？ いや私？〟何の力にもなれない私が、足手まといでなければ――と思いながら今を生きています。

思いもよらないこの土地での生活、誰もが出来ない貴重な体験をさせて頂いている、と私は思います。がんばらなくては――。

みなさん、何のお役にも立てず、何も出来ませんが、よろしくお願い致します。

（のぞみ）

カット：由美子

健康の源
お喋り
春告鳥

蔦

心のしおり（5号）　一九九六年三月六日　潮州皇宮酒楼にて

竹原由美子／井上真澄／川端のぞみ／代永由果／福田裕子／伊藤善子／太西幸子／尾原　葛　八名

両手あげ抱いてとせがむちゅうりっぷ　由美子

チューリップの花が、青空に向かって、花と葉を思い切り広げ、いかにも、抱いてとせがむ稚児のようである。そんなメルヘンチックな、いい句です。（葛　呟き）

指先から力が抜けてゆくおぼろ　葛

「おぼろ」って何ですか？　むずかしいです。（由果　評）

「おぼろ」はっきりしないさま、ぼんやり。春の季語で、春は大気中に水分が多いので離れてみると、物の姿が朦朧《もうろう》とかすんで見える。それを俳句の上では、「おぼろ」といいます。（葛　呟き）

負けないで寒さに身構え寒椿　のぞみ

「北風の中に、聞こうよ春を～～」昔こんな歌がありました。で、こんな感じの作句でいいのですが、さらに――

例 負けないで凛と一輪寒椿（葛　添削）

春風を袋につめて帰国して　真澄

七福神の大黒天のように、米俵に乗り、打ち出の小槌と大きな袋を持っていざ！不景気な日本へ――。袋一杯の春風を受け取って下さい。香港発、春風××便。（葛　呟き）

久々の雨音うれし深呼吸　真澄

例 久々の春雨うれし深呼吸（葛　添削）

春の音目覚めれば朝霧の中　真澄

参考までに、霧は秋の季語です。でも、作者はどうしても朝霧が言いたかったのでしょうから——。これでいいでしょう。

「昔は、春秋ともに霧とも、霞とも言ったが後世は春のほうを霞、秋のほうを霧というようになったのは、日本各地で霧は一年中で秋が多いからであろうか」（角川歳時記から引用）（葛　呟き）

サクラ咲け子を思う友を見我を見る　由美子

例　サクラ咲く子を思う友と同じ我（葛　添削）

ちゃんづけで呼ばれてふりむく四十路の春　真澄

四十にも？　なると、一般的にちゃんづけで呼ばれることはほとんどありません。呼ばれるとしたら、親、兄弟、或いは古い友人とかでしよう。○○ちゃん！　と何処からか呼びかけられて、戸惑ったのでしょう。季語の春がよくきいて良い句です。（葛　呟き）

幼な子の紅きほほ似てちゅうりっぷ　由美子

ちゅうりっぷの花が、小さな子の紅いほっぺのようです。微笑ましくていい句です。（葛　呟き）

おぼろの夜雑誌立ち読む道頓堀　葛

道頓堀に行ったことが無いので行ってみたいです。もし、行ったら、雑誌を立ち読みしたいです。（由果　評）

海わたりきて二十年夫婦雛　幸子

「夫婦雛」きれいですね。私も、こういう夫婦雛になれるように、相手を探すように頑張ります。（由果　評）

足につぼ雲南省の黒揚羽　葛

「雲南省」「つぼ」っていうのがとてもマッチしていて素敵な句だと思います。（由果　評）

凍死者も出る香港の寒気流　幸子

ちょうどこの時期、香港に居なかったので、どのくらい寒いのかわからないですけど、日本に居た時、北海道の気温を見たら、最高気温がマイナス一度だったのでびっくりしました。香港もこのくらいだったのかな？（由果　評）

花市に桃をうれしと蝶遊び　善子

例 花市の桃に飛び交う紋白蝶

参考までに、桃と蝶は春の季語です。出来れば、かなし、うれし等の言葉を使わず、その状況を句に——。（葛　添削）

さくら咲くここから先は黄泉の国　葛

「黄泉の国」って何ですか？気になります。（由果　評）

黄泉の国とは、死後、霊魂が行くと言われている所、誰でも必ず行くところです。きっと、良いところなんでしょう。誰も帰って来ませんから。でも、逆に二重、三重、いや百重にも鍵がかかっていて絶対、人、いや霊魂が外へでられないようになってる国なんでしょう。どんなとこか、興味しんしんです。

辞書で「霊魂」を紐解いてみました。肉体に宿り、死後も存在する魂と記されています。でも、もし霊魂があるとしたら、一体霊魂の数は幾らくらいだろうか？　地球がこの世に存在してから四十五億年。その間に魂となった生きとし生きた生物の数は無限大です。死後の世界とはどんな空間？なのでしょうか？私が昼餉に食べた「ちりめんじゃこ」の数は？　蚊や蟻も、人間と同じ魂に数えるとすれば――。ああ、面倒なことは考えないようにしょう！（葛　呟き）

パソナの英語教師と
平成12年（2000）7月

出会い

ほんと、香港の気候って不思議です。寒くなったと思ったら急に暑くなり、そうかと思ったら雨が降り――。日本のように春が来たら夏が来て――という訳にはいかないのですね。

日本の四季がなつかしい――というと〝福田さん、香港少しは好きになった〟と言われそうですが――。香港に来て八ヶ月たった今、ようやく少しずつ好きになってきている？ような気がします。

とはいえ、やはり看護婦の仕事がしたくてウズウズしている今日この頃です。仕事をしていたころは、長い休みが欲しいなー、とよく思っていたものですが、こうも長い休みがあると、自分でもどうしていいかわからないものです。

なんとなく情けない――。自分の時間を楽しめないなんて――。でも、今のこの時間は、自分を見つめ直し、看護について客観的に考えるいい時間でもあります。とにかく、今は自分磨きです。私は、広島からだんだん東へ上京していき、今は海外まで来てしまいました。

そういう状況の中でつくづく感じるのは、どこへ行ってもいろんな出会い（もちろんそれは別れもつきものですが）があり、いろんなことを教わり、自分が成長していくのだということです。私は、この出会いがとても好きです。そして、とても大切にしたいと思っています。

パソナ、または俳句会でこのように出会いがあったのも何かの縁です。同じ香港の空の下、これから訪れる暑さにも負けず、俳句を作っていきましょ～。

（裕子）

カット：善子

心のしおり（9号）　一九九六年七月十七日　スタンレーマーケットへ吟行

竹原由美子／井上真澄／川端のぞみ／代永由果／福田裕子／
伊藤善子／竹原真紀／尾原　葛　八名

涙出る自由の利かない口内炎　（作者不明）

唐辛子、秋の季語です。

例 唐辛子涙一粒口内炎（葛　添削）

青葉朝公園隅でシャルウイダンス　由美子

少し言葉を整理すると、隅はなくてもいいと思います。

例 公園でシャルウイダンス朝青葉

公園でシャルウイダンス聖五月（葛　添削）

影さがし歩く我あり夏の道　真澄

例 夏の道影を探して七、八歩（葛　添削）

暑さなどしらずにヒラヒラ舞う金魚　裕子

面白い句です。こんな感じで――。（葛　呟き）

外で刈る香港床屋に汗光る　由美子

こんな感じでいいのですが「に」をのければ語呂が安定します。

例 外で刈る香港床屋汗光る（葛　添削）

夏の市日本語飛び交う異国の地　真紀

良い句です。きちっと俳句のリズムに収まっています。できることなら伝統的日本文化のひとつとして、俳句にかかわってみれば――。（葛　呟き）

男には男のつきあい冷奴　　葛

何か「男―冷奴」ってのが合ってるなぁと思いました。（由果　評）

夏山の影濃く雲と七変化　　真澄

例 夏山の影濃く雲の七変化

「夏山の影濃く」とは、大地に山の影が写っていること？

それとも、逆光の山の影？

例 夏山の稜線くっきり自在な雲（葛　添削）

夕の空天に反射するグランブルー　（作者不明）

すみません！　グランブルーが不可解です。で、悩みまして筆跡鑑定！して作者に電話しました。「グランブルー」とは、映画の題名とのこと。ん〜、ん〜〜。

例 夕焼けて淡い乙女の恋ひとつ

全く作者の思いでないかもしれませんが――。（葛　添削）

先着順百名茄子の花満開　　葛

花満開ってのは、茄子の花満開ってことですか？　それとも、人間が沢山並んでるからですか？（由果　評）
先着順百名という言葉が気にいって、それにあう言葉を探すとなんとなく「茄子の花満開」がいいと思って使っただけです！　何とも無責任な――、詠み人。（葛　呟き）

冷やし中華ビタミン不足の口内炎　　善子

良い句です。きちっと決まっています。

「冷やし中華」「ビタミン不足の口内炎」俳句は、二句一章から成ると言われています。五、七、五の三音節の様ですが、この十七文字、音が、二つに分かれています。五、七五、或いは、五七、五と。これを「切れ」といいますが、少しぐらい字余り、字足らずでも、二句一章になっていればリズムが安定して決まります。この句の場合も少し字余りですが、気にしなくていいです。逆に「三段切れ」と言って、五、七、五と切れて悪い場合もあります。私が作る句には、九、八のような変な切れで作ることがあり、正に破調ですが、二句一章になっていれば、それなりにきまっているようです。
（葛　呟き）

汗てぬぐい首まきつけ力こぶ　（作者不明）

例 汗てぬぐい首にまきつけ力こぶ
力こぶ汗のてぬぐい首にまき（葛　添削）

かろやかな絵模様男のシャツ涼し　（作者不明）

この句を読んで、本当に涼しいと思いました。「かろやか」ってのがいいですね。（由果　評）

今月も赤字か家計簿にらめっこ　（作者不明）

例 八月も赤字と家計簿にらめっこ（葛　添削）

診断書とメモが一行虹の朝　葛

この「メモ一行」というのは、何が書いてあったんですか？（由果　評）
「診断書」この言葉に惹かれて詠んだ句ですが、「メモ」が適当か模索中でもあります。
（葛　呟き）

雑踏のがれ無心に筆とる夏の午後　（作者不明）

例　夏の午後雑踏遠のき筆をとる（葛　添削）

母国愛心も踊る夏休み　（作者不明）

例　母国恋う心が踊る夏休み（葛　添削）

あと一年まだ一年そして返還　（作者不明）

例　返還の夏へ一年まだ一年
来年の七月一日、いよいよ香港が中国へ返還されます。ある意味、そんな歴史的な年を前に香港で暮している。そして、それについて俳句を詠む！楽しいですなあ！（葛　呟き）

ゆるやかにひらがなを書く蓮の花　葛

「ゆるやか」ってのが涼しい気持になるなぁと思いました。「蓮の花」とは、どんな花ですか？（由果　評）

根っ子？が食用の蓮根になる花です。大きな花で、紅・白などで香りが良く、夜明け前に咲き、昼間にしぼむといわれています。真澄さんの絵に有るかも——（葛　呟き）

赤馬も筋彫り胸はる香港夏　善子

例 赤馬の筋肉彫られ香港夏（葛　添削）

ジリジリと照りつく日差し傘をさす　（作者不明）

例 ジリジリと日傘の中まで照る日射し（葛　添削）
「日傘」夏の季語です。

天と地も南国からのおくりもの　のぞみ

一読で、南国の青い空と広い海、そんな風景が見えます。面白い句です。（葛　呟き）

白い帆をなびかせ青い海渡る　裕子

例 ヨットの帆なびかせ青い海渡る
碧い海渡るヨットの真白き帆
ヨット、夏の季語です。帆だけでは季語にならないと思います。（葛　呟き）

窓の外音も立てずに光るいなずま　裕子

例 窓の外光るいなずま音もなく（葛　添削）

夏の朝社交ダンスに太極拳　由美子

これでいいのですが「に」を「と」にした方が良くないですか？
例 夏の朝社交ダンスと太極拳（葛　添削）

さざなみが八本足をさそいだす　　　のぞみ

八本足と言われれば、蛸なんですが、そうではないらしくて――
でも、やっぽり、蛸にしましょう。

例 さざなみにさそいだされた蛸の足
　でも、蛸って季語ではないようですが、まあ、いいでしょう。（葛　添削）

トンネルを一つぬけると別世界　　　（作者不明）

トンネルを抜けるとそこはゆきだった、そんな風景？

例 トンネルを一つ抜けると夏の海
　トンネルをぬけると夏の大海原（葛　添削）

望遠のレンズとび出て夏岬　　　葛

レンズから、夏岬をのぞいている所が想像つくなぁと思いました。（由果　評）

無理ですね弱気な素顔に日焼け止め　（作者不明）

例 日焼け止め薄く弱気に塗る素顔（葛　添削）

足ばやにめざすランチリバレスベェイ　（作者不明）

例 足ばやにランチ・リバレスベェイの夏（葛　添削）

空っぽの鳥かご陶の椅子の夏　葛

スタンレーの鳥かご、かわいかったですね。「椅子の夏」がわかりません。（由果　評）

「陶の椅子の夏」、陶器で作った椅子が置かれている夏、少し無理かしら？　再考します。（葛　呟き）

山あいを走るバスより入道雲　真澄

こんな感じで作って下さい。（葛　呟き）

頭だけ日かげに夏の海岸線　（作者不明）

すっごい暑かったですね〜。頭だけ、日かげをさがして歩いて少しでも涼もうと歩くのが、思いうかびますね。（由果　評）

スタンレーマーケットで由果ちゃん句が出来なかったので、宿題として、後から二句投句——。偉〜〜〜い！（葛　呟き）

昼寝中真夏の悪夢あんたから　由果

例 昼寝中悪夢の中に君の声

酷暑の折り、疲労が激しく睡眠不足になるので昼寝をするということで、昼寝は真夏の季語。で、「真夏」を省きます。（葛　添削）

母からの涼しさ味わう即席風鈴　由果

例 母からの涼しき風鈴鳴りはじめ（葛　添削）

心のしおり（11号）　一九九六年九月十一日　潮州皇宮酒楼にて

竹原由美子／井上真澄／川端のぞみ／代永由果／伊藤善子／尾原　葛　六名

シャンガンの天は真っ黒シグナルエイト　　真澄

香港在住の方ならよくわかる句です。でも、香港に縁の無い人が読むと全く理解不能です。シャンガンが「香港」のこと。シグナルエイトが「台風予報の危険度」のことです。

この頃は、海外でも俳句は「ハイク」としてアメリカ、カナダ、ヨーロッパ等で認知されてきております。

ただ海外で作られる俳句は、季語の問題、その土地の独特の行事・催し物、或いは慣習をどこまで、詠み手と読み手が共有できるかという問題がありますが——。（葛　呟き）

長い毛がほくろの先で揺れ晩夏　　　葛

中国人（香港人）を常に観察できる、香港ならではの句ではないでしょうか。中国の人は、ほくろからはえている長い毛を、とても大切なものと考えているようです。なぜなのか私にはわかりませんが――。何気なく目にしている物を句にする。いいですね。（善子　評）

風ふきて白萩ゆれる寺の道　　　由美子

これでいいのですが、さらに――

例 風の道白萩ゆれる寺の径（葛　添削）

時ながれ終止符を打ついわし雲　　　のぞみ

これでいいのですが、少し言葉を入れ替えると――

例 時のながれの終止符となるいわし雲（葛　添削）

はすの花赤とんぼとまり風一陣　真澄

参考までに、一応、「蓮の花」は夏、「赤とんぼ」は秋の季語で「季重なり」ですが、とんぼと蓮の花を除けると句が成り立たないので——。少し作者の思いと異なりますが——。

例 水平にとんぼが止まるはすの花（葛　添削）

創作者がいない芸術入道雲　のぞみ

面白い良い句です。でも、さらに作者の意と異なりますが、

例 作者名ふせて芸術入道雲（葛　添削）

被告席真紅のバラの大広間　葛

この句から私が想像した場面は、ミラノのスカラ座。赤い絨毯が敷き詰められ、天井にはベネチアングラスのシャンデリア、そんな息が止まりそうな劇場を——。被告席という言葉と合わせてみたりして、面白いなと私は勝手に思ったのです。（善子　評）

シャンガンは摩天楼がよく似合う　真澄

中国の標準語（北京語・マンダリン）では、香港を「シャンガン」と発音するそうです。香港では英語と広東語が公用語で、広東語読みをアルファベットで表記すると、HongKongになるのだそうです。

例 おおいなる秋天シャンガン摩天楼（葛　添削）

水中花夫の言い分即却下　葛

とても好感の持てる奥様だと思いました。なんとも微笑ましいご夫婦を思わせる句だと思います。（善子　評）

四十中途いきつもどりつマンダリン（作者不明）

例 四十路にて習う夜長のマンダリン（葛　添削）

あくまでも対話枝豆塩で茹で　葛

ケンカでもした後でしょうか。長年の夫婦を思わせる句だと思いました。（善子　評）

赤まんま自由自在に老師の手　由美子

書道、絵、踊り、太極拳、或いは人形師等々。手慣れた老師の手の動きが「自由自在」で、よくわかります。良い句です。（葛　評）

無言劇終わりのしるし割きごぼう　由美子

なにをいっても暖簾に腕押しの夫に、自分独りで腹を立て自分独りで矛を収めた妻。ああ、ああ、馬鹿馬鹿しいと独りごとを言いながら、台所できんぴらごぼうのごぼうを削っている。そんな情景がみえてきます。良い句です。（葛　評）

句会欠席にて投句　由果

自殺行為六十年代のフランス曲

異国の曲スペイン思わす六十年代

暗い部屋音ないテレビ息殺し

フルーツパーラー都会の弱点まずい恋
負けました商売上手な烏来人

烏来（ウーライ）は、台北にある小さな村で、ウーライは現地の言葉で「温泉」のことです。温泉街として台湾では良く知られているそうです。俳句として縛るより一行詩として、イメージを膨らませると面白いかも。手垢に染まっていない感性は、若さの特権！です。（葛　呟き）

秋

昔、私は秋が嫌いだった——、ちゃんと理由があるんです。

小学校・中学校・高校の時、朝礼で校長先生のお話で、秋になると必ず、「秋の夜長」という言葉を口にするのがイヤだったんです——。私の名字の「代永」、漢字は違うけど、読み方がいっしょで、毎年秋になると、ヒヤヒヤしていたんです。

朝礼で、自分の名前が呼ばれるみたいでイヤだったんです。

でも、去年の秋からは、秋が好きになりました。

（由果）

カット：美子

再会す
青葉若葉の
真っ只中

葛

心のしおり（12号）　一九九六年十月十六日　潮州皇宮酒楼にて

竹原由美子／川端のぞみ／代永由果／伊藤善子／伊藤雪枝／小林都良／尾原　葛　七名

夕の空なし園飛び交うバットマン　　由果

なしは「梨」の漢字の方がよくわかります。このメルヘンがどこまで理解してもらえるかが問題です――。

例 夕の空梨園飛び交うバットマン（葛　添削）

ストップウォッチ我家の鉄人片手鍋　　善子

鍋焼き、寄せ鍋、ちゃんこ鍋とたくさん鍋料理が冬の季語にありますが、「鍋」だけでは季語には無理かも――。

作者の意図と異なりますが、冬の季語に鮟鱇鍋があります。

例　ストップウォッチ片手で操る鮟鱇鍋（葛　添削）

再生紙利用の名刺葛咲いて　葛

名刺は次々と手渡され、廃物された紙は生き返らせ、新たに生産される葛（このような書き方をすると、葛さんを呼び捨てしているみたいでごめんなさい）もまた、多年草で冬になると枯れてしまうが、春になれば芽をだし、夏には紫色の花を咲かせる。というふうに、冬が廃物された紙とすれば、春は再生紙となって生き返り、夏には名刺となって活躍する。こんな感じなのでしょうか？（のぞみ　評）

留守の家雑草と競いしさくら草　雪枝

写生句として整っているのですが、もし桜草のところに他の季節の花を持ってくると

例　留守の家雑草と競いし秋桜
　　留守の家雑草と競いし黄水仙
　　留守の家雑草と競いし夏の菊

結構いつの季語でも置き換えることができます。ということは、季（季語）が動

くということです。（少し厳しいのですが――）

でも、本当のところ、「季が動く！」これが理解、いや、正しくきっちり使えるのは、かなりの熟練者！なのです。（葛　呟き）

黄昏に電光揺らして秋の虹　　のぞみ

作者の思いと異なるかもしれませんが――
例 黄昏れる消えるまぎわの秋の虹（葛　添削）

地の果てで衛星放送大銀河　　葛

「地の果て」「衛星」「大銀河」ん～～言葉で言い表せないけれども、けれど、何だか共通しているというか、どこかでつながっているというか、でもわかります。（のぞみ評）

人知れず装い凝らす深山かな　　都良

例 人知れず秋を装う深山かな（葛　添削）

こおろぎの輪唱聞き里の風呂　雪枝

いい句です。田舎の五右衛門風呂とか、檜の風呂にゆったり浸かり、虫の鳴き声に耳を傾けているのでしょう。日本の田舎の原風景がみえてきます。

例 こおろぎの輪唱を聞く里の風呂

句が落ち着きます。（葛　添削）

大木も骨折重症台風一過　善子

面白い句です。でも、骨折で重症さがわかります。

例 大木も骨折台風通り抜け（葛　添削）

「寅さん」逝く店頭にバナナの山　（作者不明）

私「寅さん」は知っていましたが、恥ずかしながらじっくり映画をみたことがありません。ですから、寅さんとバナナにどんな関係があるのか理解できませんでした。そこでちょっと尋ねたところ、寅さんはバナナ売りをされていたとか。残念なことに、寅さんが逝ってしまったためにバナナが売れずに残っているという――。なんとも哀しい不思議な句でしょう。でも印象深い句だと思います。（のぞみ　評）

ゆく秋を惜しんではげむ農夫かな　都良

いい句です。晩秋の夕暮れ、忙しく立ち働く農夫の姿がみえてきます。（葛　呟き）

秋の夜未来図たてて悩み込む　（作者不明）

㊀秋の夜未来図あれもこれもかと（葛　添削）

沿道に刈り残したる野かんぞう　雪枝

写生が良く出来ていると思います。（葛　呟き）

香焚きて父母思う秋夜長　由美子

こんな感じでどんどん作句して下さい。（葛　呟き）

わからない筆順二百十日の雲　葛

行書となると筆順が――。そして台風の雲、先生や天気予報に教えて頂かないとわかりませんよね。私もそう思います。ちなみに二百十日とは、台風が多い秋の時期のことなんて、私は初めて知り、とても勉強になりました。（のぞみ　評）

愛読書行きつ戻りつ小春日和　善子

いい句です。日当たりの良いベランダとか、縁側で長椅子に寝そべっての読書なんでしょうか。本を広げたまま、うとうと居眠りもしたり――。

例 愛読書行きつ戻りつ読む小春

この方が、よりわかりやすくないですか――（葛　呟き）

初冬の日やわらぎ見ゆる松の雪　都良

少し言葉を整理して――

例 初冬の日のやわらぎに松の雪（葛　添削）

眠い目を満載夜長の私鉄線　　葛

そう、日本のサラリーマンはよく働くのか？ 毎日帰りが遅いですね。そして、私鉄線に乗って揺れている。その揺れがさらに眠気を誘うのですよね。こんなに短い言葉で表現出来るなんて――、すばらしいです。（のぞみ　評）

秋雨を鉢にうたせて土しづむ　　（作者不明）

例 秋雨に鉢をうたせば土しづむ（葛　添削）

白樺に寄りそうぶどう色染めて　　都良

例 白樺にぶどう紅葉が寄り添うて（葛　添削）

＊一週間があっというまに過ぎてゆきます。英語、書道、卓球と。それにちょっぴりいいわけ？ だけの主婦業。社会に何も貢献していない暮らし。しかしこの暮らしがいつまで続くという保証はない。だから今は、それぞれの習いごとの成果があがること

を期待しつつ「無理をせずに、自然体で、物怖じせずに」暮してゆければと。（葛　呟き）

香港卓球クラブ

心のしおり（21号）　一九九七年七月十四日　潮州皇宮酒楼にて

竹原由美子／川端のぞみ／伊藤善子／江本美子／大西幸子／井上真澄／尾原　葛　七名

西瓜食ぶ喧嘩総督国背負い　（作者不明）

英国統治における香港の最後の総督、バッテン氏。就任後強気で時折中国政府との間で問題発言、行動があったのでしょう。大切りの西瓜を、豪快に頬張って食べる情景と、喧嘩総督の取り合わせに妙があります。香港ならではの句です。面白い句です。

（葛　呟き）

カウントダウンぷっとスイカの種を吹き　葛

「カウントダウン」「ぷっ」というそれぞれの言葉が持つ背景の「刻」を「一瞬の刻」に凝縮した緊張感のある素晴らしい句だと思います。（幸子　評）

湯上りの赤子の衣装天花粉　　由美子

ポチャポチャとした湯上りの赤子の肌に、白い天花粉、まさにお似合いの衣装です。良い句です。（葛　呟き）

バグパイプ類に白雨の儀仗兵　　幸子

スコットランドの民族楽器のバグパイプと、儀式の時に立ち会う儀仗兵。香港回帰（返還）式典の情景です。良い時事俳句です。私も現地での句（吟行での句）を作りたいと思うのですが、哀しい事になかなか作れません。いまだ、日本の延長線上の感覚で作っています。悲しいけれど、きっと修行が足らんのでしょう。（葛　呟き）

七夕の願い小さな島ひとつ　　（作者不明）

小さな島を一つ欲しいと七夕様にお願いするということなのでしょうか。でも本当に島を貰うと、固定資産税とか、よその人と取り合いになるとか、大変面倒になると思いますから、むしろ上げることにしたら？

「七夕や牽牛織女へ銀の島」これで、彼と彼女は一年放浪しないでも小さな銀の島で幸せに暮らせることでしょう。でも、句としてはやはり変な句ですね。（幸子　評）

花火散り最後の総督ただの人　善子

ほんと、肩書が無くなれば過去の栄光なんです。肩書があった時と無くなった時のギャップの差、男の悲哀です。でもその点、初めから何の肩書も持たず生きている主婦は、恐さ知らずの環境順応適応型？なのです。主婦は強し！

㊟花火散り総督最後の鎧脱ぎ（葛　添削）

セロ弾きの旅する銀河超新星　美子

銀河鉄道を連想します。良い句です。（葛　呟き）

天の川母になるのと友が告げ　由美子

良い句です。季語がぴたっと決まっています。頬を染めて初々しく「お母さんになるの」と話す若妻の姿が目に浮かびます。「天の川」で優しい句になっています。（葛

呟き）

白い雨ヴァネッサ・マエのファンタジア　　幸子

若々しい句です。「ヴァネッサ・マエのファンタジア」この言葉の語感が？が何故か若々しさを感じさせます。きっちり七音、五音になっているせいなのか、安心して読める句です。

「ヴァネッサ」、フランスの有名な歌手、女優なんだそうです。（葛　呟き）

出目金の目四方八方お見通し　　善子

思わずニヤッと笑ってしまいました。ガラス越しに、金魚鉢の中からギョロ目で人間を観察している出目金。ユウモアーが有り良い句です。（葛　呟き）

今ははや逝きて光となりし君　　（作者不明）

例　初夏や逝きて光となりし君（葛　添削）

片耳にピアスが五つ大ひまわり　　葛

ピアスを耳や鼻はおろか、舌にまでつけている人がいるそうで、その冒険心には驚かされます。片耳に五つのピアスが闊歩する街、大ひまわりに感じる畏敬と驚きの念に通じる所があって、その季語の取り合わせがぴったり決まっている所がさすがです。現代俳句の先端をゆく句だと思います。（幸子　評）

思いっきり空に投げだす夏帽子　　由美子

良い句です。夏本番！　あそぶぞ～！　そんな声が聞えそうな句です。でも、「投げ上げ」の方がもっと解放感がでませんか？

例 思いっきり空に投げ上げ夏帽子（葛　添削）

返還に雷声雨声天の声　　真澄

香港在住の私達には、実感溢れる句です。一九九七年六月三十日、七月一日、雨の中での返還行事。百五十年近い間の英国統治、祖国中国へ晴れて回帰（あえて中国側では、返還で無く回帰と表現しています）する香港の喜び？の日、でも雨でした。雷の音と雨がまさに天の声のようでした。良い時事俳句です。（葛　呟き）

このときに中国と英国の間での約束事が、香港は中国の特別行政区となる。でも、香港の行政機関と立法機関は香港の永住民が構成する。香港は社会主義の制度と政策を実施せず、これまでの資本主義制度とその生活方式を保持し、今後五十年間は変えない。中国政府は、香港の防衛任務を責任もって管理する。いわゆる一国二制度を宣言したのです。中国本土と香港の間の出国も香港ドルもそのままで。（『海外生活情報（シリーズ2）香港』（一九九五年、田畑書店）より引用）

筆箱がどこかにジッと蟬が飛び　　葛

しまい忘れた筆箱、どこにしまったかなあと体は動かさず頭の中で、あそこかここかと探している。そんな所へ突然蟬がジッと割り込んでくる。暑い夏の午後の、生活感のある句だと思います。（幸子　評）

雨に濡れ無口な男かたつむり　由美子

目いっぱい会社、企業のために働く平成の企業戦士の姿なんでしょうか？自信に満ち溢れている男も、たまには自己嫌悪、自信喪失する日もあるのです。そんな男の雨の一日、愚痴を言えない男の悲哀なんでしょうか？良い句です。（葛　呟き）

がまんしてがまんして飲むビール美味　善子

例 がまんしてがまんしてビール大ジョッキ（葛　添削）

すれ違う同じ夏服なびかせて　葛

一見明るく楽しそうに唄ってありますが、同時に二人の女の苦い心理もすれ違ったはずと、面白い句です。（幸子　評）

木漏れ日で光る白靴散歩道　（作者不明）

こんな感じで作ってくだされ、でもこんな風にも――

例 木漏れ日に光る白靴朝の街（葛　添削）

称再来花巻的細雨恨温和　美子

読めない句？　でも面白い〜〜。（葛　呟き）

夏の夜彼我の惜別ブルタニア　（作者不明）

英国の香港からの栄光ある撤退？の象徴のような船、ブルタニア号。こころなしか寂しげな表情のバッテン総督を乗せて、優雅に、厳かに船は香港を離れたのです。香港ならではの時事俳句、一九九七年の世紀のイベントの幕切れでした。これからの香港は？（葛　呟き）

日本語ばんざい！

一つの英語の単語をマスターするのに一月かかる。一年程まえに知人に言われたことがある。その時には、全く意味が分からなかった。何で一月？と軽く思っただけであった。でも、最近になって、ようやくその言葉の重みが理解？できるようになった。

考えてみるとその頃は、真面目に英語の勉強に取り組んでいなかったのである。

この頃、ようやく単語の暗記の必要性を感じ、辞書を引き意味を理解しつつある。前は、異なった沢山の意味が出てくると早々、バンザイ！と降参し、覚えることを放棄していた。でも、それでは何時まで経っても単語の意味、単語そのものが覚えられないので、やむをえず連綿とその意味を読みだした。で、仕方なく覚えねばと一つのセンテンスの例文を引くと、その例文の中に分からない単語が出て来る。でその分からない単語をさらに引くと、その例文の中にさらにまた分からない単語が出てくる？？？その他にも、その単語の音、意味、スペル、と連想してゆくとその単語がどんどん膨らんで、最後には収集不可となり疲れ果てていやになってくる。もちろん、暗記自体もなかなか捗らない。何度も、何度もエ〜ト、エ〜ト、ン〜、ン〜、——？？？

それなのに、なぜか今、そんな疲れの間にこの文をしたためている。異国の言語ってどうしてこんなに難しいのだろう。覚えられないのだろうと。それに引換え母国語、日本語ってなんて優しく、くつろぎのある言語なんだろう。五十数年生きて、今改めて日本語の良さ、母国語のあり難さを実感している。思っていることが、何の努力も必要とせずどんどん文章になり、すらすらと話言葉になってゆく。自由自在に自分の気持ち、心を表現することができる――。なんて、母国語、日本語ってすばらしい！のだろう。日本語、バンザ～イ！である。

しかし、いつの日にか、英語を少しでも聞き、話し、書き、読む、そんなことができるようになりたいとも思っている。でも、そんな日がくるのだろうか？分かってます、それは自分自身の努力以外のなにものでもない、ということは――。こんな駄文をしたためる暇があれば、単語をひとつでも覚えればいいということは――。で、また仕方なく、ガチガチに固まった脳の壁に向かって、ポコーン、ポコーンと尖ってもいないノミを虚しいと思いつつも力無く振りはじめてる、一九九七年の夏のひと時なんです。

（葛）

空腹で
腹がたってる
蝉しぐれ

蔦

心のしおり（27号）　一九九八年一月　潮州皇宮酒楼にて

竹原由美子／伊藤善子／大西紗智子（幸子あらため）／吉澤睦美／江本美子／尾原　葛　六名

書初とまっ黒くろすけ虎化粧　善子

書き始めついでに、ふざけて墨で虎の絵を描いてみたのでしょう。マンガチックな虎の絵を前に、ニヤニヤ笑っている作者の顔が目にうかびます。面白い句です。（葛　呟き）

抽斗の思いで整理年の春　（作者不明）

年も押し迫った一日、掃除のついでに引き出しも整理して――。なのに、旅の切符の一片や観光パンフレットや整理していない写真が出てきて、思わずその楽しかった思い出に浸っている。そんな情景でしょうか。良い句です。（葛　呟き）

大スコールポルポトの森しづまらせ　（作者不明）

面白い句です。「大スコール」「ポルポトの森しづまらせ」上手く決まっています。海外俳句、私もこんな句を詠みたいものです。（葛　呟き）

識字率ダッカは亜熱帯モンスーン　葛

漢字とカタカナが交互に来て、言葉の使い方がユニークです。モンスーンは季節風のことで、辞書を引くと大陸と海洋の間を季節に従って規則正しく入れ代わる強い風とあります。そのモンスーンが吹き荒れるバングラディシュでの識字率は？

ちなみに、ヴェトナム戦争があったにもかかわらずヴェトナムは識字率は高いそうです。（美子　評）

さだまさし聴く日ひねもす毛玉取り　美子

古い人間には、さだまさしの歌は甘い、懐かしい青春の思い出です。青春時代のことを思い出しながら、さだまさしの曲をかけて毛玉取りをする。穏やかな優しい時間と

空間が見えてきます。良い句です。（葛　呟き）

世紀末新ウイルスの去年今年　善子

一九九七年から一九九八年、いよいよ二十世紀も終わりです。宇宙へ観光旅行するのも夢ではない科学の進歩、技術の革新と、人間の世界では物事が目まぐるしく変わってきています。そんな人間に負けじと、ウイルスも新種がどんどん出てきています。新しい薬を作って退治してもすぐに新種、新種！そんな人間とウイルスの追っかけっこを句にしています。良い句です。（葛　呟き）

キュッキュッキュッ茶碗鳴らして冬の水　（作者不明）

寒さなんかへっちゃらよ！私は元気、元気！そんな働き者の主婦の姿が見えてきます。良い句です。（葛　呟き）

十二月森林いきてるマレーシア　（作者不明）

十二月のところに、一月、二月、三月を置いてみました。でも、やはり十二月の音律

がピッタリなんです。マレーシアの音質も――。面白い、良い句です。（葛　呟き）

モデルから転身風花舞うドラマ

（作者不明）

ドラマの中で風花の舞うシーンが有ったのか、それとも元モデルが風花の舞う日の様に凛として美しかったのか、主婦から転身したら風花がまうでしょうか？　みぞれが降ったりして――。（美子　評）

乳飲み子を抱きて頬張る餅熱し

美子

肝っ玉かあさんが！が見えて来るようです。（葛　呟き）

ゆく年をパームツリーに豆電球

（作者不明）

パームツリーがわからなかったのですが、椰子の木のことだそうでなるほど、熱帯の国で雪に全く縁の無い正月の風景。高〜い椰子の木のてっぺんに飾りつけてある豆電球、面白い句です。（葛　呟き）

小春日和バイエル弾く子誰かしら　（作者不明）

暖かい冬のある日、隣からバイエルが聞えてきましたが、あれは誰が弾いているのでしょう。姉妹が三人いるから、どの子が弾いているのかわからないけど、あまり上手でないからきっと、一番下の妹なんでしょう。でも、そうだとすると、なかなかたいしたものだわ！　そんな作者の驚きが見えてきます。（葛　呟き）

封蝋の軍人らや年流る　（作者不明）

難しい句です。封蝋――びんなどの口を封じるのに使う、樹脂質の混合物と辞書に記されていました。作者によれば、手紙の封筒の封に――とのこと。「フウロウのイクサビトらや年ながる」長い兵隊生活をしている人が故郷の家族や知人に、何時までたっても終わらない戦のことを嘆いて書き送った手紙のことを言っているのでしょうか？　それとも、過ぎ去ってゆく空しい日々のことを？　難しい〜、わから〜ん！（葛　呟き）

長々と戒名となえ寒ゆるむ　葛

良い句だと思います。「長々と戒名となえ」で無事お葬式が終わり、愛していた人、親しかった人に別れを告げた気持ちがみえ「寒ゆるむ」で季節の移り変わりと、辛い悲しみも過ぎ去ろうとしている、そんな状況を表現していて上手いなあと感心しました。（美子　評）

窓外に鳶の舞見ぬ冬半ば　（作者不明）

例 冬半ば鳶の舞いの無い異国（葛　添削）

子等が来て味も濃くなり年の暮れ　（由美子）

普段は別々に暮らしている子供の家族が、お正月に帰ってきて久しぶりに賑やかな食卓を囲んでいる。いつもは塩を薄くした料理を心掛けているのだがそうもいっていられない。そんな作者の喜びが「味も濃くなり」に感じられます。料理の味ばかりでなく句、家族の心も濃密に――。良い句です。（葛　呟き）

スルタンの館みに行く暮れの橋　（作者不明）

スルタン？　イスラム教の王様のことなんですって！　で、スルタンがわからないと、どうしょうもない！　五七五の十七文字で、どこまで表現可能か？　考えさせられてます。勿論、読み手の力量次第ともいわれそうですが――。（葛　呟き）

始発ベルるるるとおどる初電車　葛

年が明けたからといって何の変わりも無いはずなのに、ベルまでも嬉しく弾んだ音で鳴っている。「るるるとおどる」というところに、作者の新しい年を迎える喜び、未来の希望が感じられて楽しい句になっています。（美子　評）

初春に心清める白味噌雑煮　（作者不明）

こんな感じで作って下され、でも、初春と雑煮が季語なので――

例　心あらたに心清める白味噌雑煮（葛　添削）

柚子湯の香タイルに好きと書いてみる　美子

若々しい句です。「好き」という言葉を面と向かって人になかなか言えません。若気の

至りは別にして——。羨ましい若さです。良い句です。（葛　呟き）

ゆうゆうと寒泳大河を渡り切り　美子

この句を一読して、毛沢東を連想しました。毛沢東は泳ぎが好きで一九六六年七月、七十二歳のときに、大河長江で泳いで、壮健さを世界にアピールしたそうです。良い句です。（葛　呟き）

またふたりうす味粥と冬林檎　由美子

子供が帰った後の味気ない、ちょっぴり寂しい夫婦の夕餉。以前に返っての減塩食。良い句です。（葛　呟き）

カラコロと八十八夜や竹楽器（作者不明）

「カラコロ」といえば下駄の音、「八十八夜」といえば夏も近づく八十八夜〜〜、なんですが。下駄を鳴らす音が竹楽器のようで？　或いは、竹楽器と共鳴している——。すみません、よくわかりません。（葛　呟き）

顔写真二枚掲げて鵙のにえ　葛

よくわかりません。鵙は虫や蛙などを捕らえ、木の枝などに刺しておく習性があり、そのように二枚の顔写真を掲げたという意味なのか、にえ——神様等へのささげものとして大切に飾ったのか、だとしたら一体誰の写真なんだろう。夫と妻なんだろうか？　それとも自身と昔の恋人？　もずの習性のように説明つかない思いでみているとしたら、恋人と自分の写真かな。最初はまるでチンプンカンプンだったのに、色々想像しているうち面白い句だと思えてきました。（美子　評）

舟待ちて波音さざめくすすきの穂　（作者不明）

魚つり、川下り或いは紅葉狩り、すすきの穂に囲まれた河川敷で小舟を待っていると、舟は見えないが波音が高くなって船の気配が感じられた。そんな情景でしょうか。或いは、すすきの穂が一陣の風に揺れたのでしょうか。良い句です。（葛　呟き）

＊電話で一言も話していないのに、国際電話は料金がいるんやね！　二、三人の友人か

ら帰国の折に言われました。一人の友人は、一言も声を聴いていないのに五回も！香港の我が家は、いつも自動切換えファックスになっているので、留守の時だと、三回コールの後、電話にでなくてもファックスが繋がるので、通話状態になるのです。便利と思っていたファックスもある面では不便なんだ〜〜と。（葛　呟き）

言語理解能力障害？

ある日、日本の実家に居た時、ピンポンと玄関のチャイム。裏庭の方に居るらしい母が出てこないので、私がドアを開けました。外には白の半袖、開襟シャツ、体格のよい三十四、五才の男性が立っていました。そして「コノビルニカネオカサントイワレルカタオラレマスカ？」と私に問われました。私は「はあ？」と問いかえしました。男の人は「イエ、コノビルニーーー」と同じことを繰り返されます。私は首をかしげてからまた「はあ？」と男性の顔を見ました。すると相手も私の顔をじーっと見つめ困ったような顔をして「イエ、ネー、コノビルニーーー」と同じ質問をゆっくり続けかけた所へ、年はとってても元気な母が「はい！

はい！なんでしょうか？」とチャカチャカとんで出て来ました。

男の人は救われたような顔になりまた「コノビルニ―――」と繰りかえします。母は聞き終わるやいなや「あっ探してみます」と男の人と私の間を走りぬけ、ビルの郵便受けの前に立つと、四世帯しかない名札をちょんちょんと指で押さえて確認してから「あ、その名前の方、このビルには居られませんわ！」とふり向いて男の人に言いました。男の人は「あ、そうですか、どうもすみませんでした」と大きな体をまげ、母に礼を言ってから帰って行きました。

私は母が郵便受けの前に立った時、やっと「金を貸さん」人を探しているのではなく「金岡さん」を男の人は探していることに気づいたのです。

実家の誰かれに大笑いされ私も笑いこけながら、だんだん異様な気分になって行きました。ひょっとして私は言語理解能力障害が始まっているか、それとも異常心理の発生かと深く気になり始めたのです。

それにしても、あの男性も母の一言で「あ、そうですか」と引下がるくらいなら、初めから自分で郵便受の名札を確認して、黙って帰って行けばいいものをと恨めしく思ったり、それとも、日本語が分からないいらしい変な女に出会ってしまい、聞きたいことがあったことも忘れて帰ってしまったのかもしれないと思ったりしています。

日本を長く離れて暮らしていると日本語の読み書きはもとより、聴いたり話したりするのにも混乱が始まっており、一寸熱い思いをしているこの頃です。

先日も北海道出身の女性が「北海道は美人が多いから——」とジョークをおっしゃっているのに私は「ビジンってどこですか？」とひつこく聞いて座を白らけさせてしまい大失敗。ビジンってアイヌ語で土地の名前かなにかかとカン違いしたのです。

現在この様な状態の私に、どなたかよく効くお薬をご存じでしたらご紹介くださいませんか？


（紗智子）

微笑みは
老いの品格
立葵

葛

心のしおり（31号）　一九九八年五月十八日　潮州皇宮酒楼にて

竹原由美子／伊藤善子／大西紗智子／吉澤睦美／江本美子／尾原　葛　六名

風入れる我が名も見えて舅の記　　紗智子

曝書、虫干し、土用干し、風入れ、とは梅雨の後衣類や書物を陰干し湿気を取り、黴や虫の害を防ぐことと歳時記にある。虫干しをしていた舅の日記か、何か本に挟んであったメモに、思いがけず自分の名前が記されていて、ちょっぴり面映ゆい気持と同時に、舅の事を思い出している。そんな状況でしょうか？いい句です。（葛　呟き）

春塵の古都自転車の波にゆれ　　美子

良い句です。たおやかに安心して読めます。ラッシュアワーの北京の街の風景が目の前に浮かびます。俳句を発表する時、前書きといってその句の状況を表示することがあります。この句であれば「北京にて」とか。でも、人によれば前書きはよくない！との意見の方もいます。参考までに――。（葛　呟き）

ビオラ生け思い思いに春思い　　善子

ビオラって楽器のことかと思ったのですが、花の名前とのこと。野生のスミレに近い感じの花とのこと。で、そんな小さい花をどう生けるのかな？と思いましたが――。この花はきっと、それぞれ思い思い好きな方を向いて花を咲かせているんでしょう。で、好き勝手な方を向いているのですが、それぞれ春を迎えた喜びに打ち震えているんだと。独断ですが――。

例 ビオラ咲く思い思いに春思い（葛　添削）

果てしなく北京彩るえんじゅの樹　　睦美

「果てしなく」が北京の広さ、大きさを言い表しています。良い句です。でも、雨上がりの新緑を強調するとすれば――

例 果てしなく北京彩る雨後えんじゅ（葛　添削）

花曇り薄ぼこりに咲く赤いかさ　（作者不明）

傘の赤さを強調して――

例 花曇りぱっと開けば赤い傘（葛　添削）

帝去り静かなる故宮柳絮舞う　由美子

かってエンペラーが在位していた頃の、豪華絢爛たる故宮に思いを馳せながら、柳絮が舞う故宮の庭に佇んでいるのでしょう。良い句です。でも「る」を取ったほうが安定しませんか――。

例 帝去り静かな故宮柳絮舞う（葛　添削）

春暁や古代の王妃眠る墓　葛

何千回の春暁が王妃の墓に訪れているのでしょうか。人は肉体が亡びても、その人のことを覚えている人々がいる限り、その人は生きているのだと言われるそうです。とすれば、この王妃もめぐる春夏秋冬の中で、人々の心の中に生き続けているのですね。

永遠なる刻のめぐる広大な土地、そして生き続ける死者たちを連想させる、スケールの大きい句だと思います。（紗智子　評）

蝉時雨朝陽ぐんぐん上昇す　葛

昔、私のおばあちゃんは朝起きると、まず顔を洗ったあと庭に出て東に向かってパンパンと拍手を打ってから掌を合わせ、眼をつむって何かをお祈りするのが常でした。特にこの句を背景にしたようなおばあちゃんの姿は鮮明です。一日を、自然に対する感謝と祈りから始めた素朴な昔の人々、懐かしさを覚えさせ、また元気の湧いてくるような一句です。（紗智子　評）

三猿となって厨に胡瓜もむ　紗智子

言わず、聞かざる、見ざるの猿。夫と言い争った、日本の妻が駆け込むのは台所です。もう知らない、何も言わない、聞かない、見ない、と呟きながら故意に音をたてて胡瓜を刻み、思い切り塩を振りかけて胡瓜をぎゅぎゅと揉んでいる。そんな折、ふっと気持ちを切り替えて句にしてみたら心が納まった。そんな状況でしょうか。面白い、

いい句です。（葛　呟き）

残桜の異土に根付きて散りしきる　美子

桜の花が、異邦人にどの位愛されているのか知りませんが、日本人にとって花と言えば桜です。ワシントンＤＣのポトマック川の辺、韓国の昌原にも（昔日本の軍港があった所）桜並木がありました。この句の桜の樹もいつの時代にか、何か日本と関りがあって植えられた樹かも。或いは、名も無い日本人が、この地で生涯を送り、その子孫が土着して根付いてしまった。そんな想像が拡がってくる句です。いい句です。（葛　呟き）

羽まくら飛ぶ夢さめて明易し　（作者不明）

明易し、短夜、明早し、とは春分の日から昼が長くなり、夏至になると最も夜が短く、この前後の明けやすい夜のことを「明け易し」というと歳時記にあります。ふわふわと柔らかい羽根まくらの中で、ふわふわ飛ぶ夢を見ていて目がさめるともう夜が明けていた。寝苦しい夜だった〜〜。そんな感じでしょうか。（葛　呟き）

花林檎女友達群れし旅　　葛

それぞれ境遇、年齢の違う女性が一つの同好のもとに、バランスをとり合いながら遊べることは素晴らしいことだと思います。北京旅行では、皆様子供のような表情になって楽しんでおられたことが、何よりの証明になっていると思います。本当に白い林檎の花の様に女性の童心を掘り起こしたような句だと思います。（紗智子　評）

晩春の古墳を守る石像群　　葛

この古墳の霊も、また我々の心にまだ生きていて、石像群は忠実にその役目を遂行しているのでしょう。石像達は、何を思って永遠の守りについているのでしょう。結集は何千前のことかしら。その後のこともみんな知っていますよね。聞くことが出来るものなら、本当に聞いてみたいものです。悠遠の思いに至る一句です。（紗智子　評）

魔術の夜白布を出でし金魚の瞳　　紗智子

手品、魔術、なんて不思議なんでしょう。なぜ？なぜ？なぜ？種も仕掛けもあるはずなんですが、やはり摩訶不思議。この句の金魚も、一瞬のうちに白布からでてきて、ゆらゆらと金魚鉢で泳いでいるのでしょう。その金魚は、急に明るい所に出された驚きで瞳全開。そんな金魚の瞳を発見した作者の驚きが感じられます。面白～い、いい句です。（葛　呟き）

見渡せば天空低し柳絮舞う　（作者不明）

作者の意と異なりますが――

例 天安門天空低く柳絮舞い（葛　添削）

春時雨ままちゃりかっぱ団かっぽする　善子

面白い句です。字余りですが、この句の場合全然気になりません。音律は何故か整っています。面白い句です。（葛　呟き）

悠々と半年居座る香港夏　（作者不明）

例　長き夏始まる香港たゆとうと（葛　添削）

見得を切る役者桜咲く下で　　　葛

桜の頃、おなじみの旅役者が巡業してきて簡単な野外劇場で、これまたおなじみの観客を集めて熱演という風景でしょうか。観客は口々に「まってました！」とか「大根ひっこめ！」とか声をかけながらおひねりを舞台に投げる。役者もアドリブでお客に答えて、盛り上がる楽しさ。そんな人間の匂いのする楽しさを連想させる句です。（紗智子　評）

柳絮舞う北京の郊外旅始め　　　由美子

これでいいのですが、更に、具体的に場所を——

北京　紫禁城にて

例 柳絮舞う北京空港旅はじめ（葛　添削）

由美子さんへ

貴女とお知り合いになれて幸せです。

これでお別れとは思っておりません。

「しおり」への投句続けて下さる様お願いします。

日本の生活を唱って私たちに知らせてくださいね。（紗智子）

まず、由美子さんと二人でスタートした心のしおり。一号を手にして、にやにやしてます。おかしい？冊子です。由美子さんの勧誘にて次号から名前が沢山並んでいます。ありがとうです！

日本に帰っても、事情が許せば、俳句は続けて欲しいのですが——。「しおり」への投句は無理でも——。

しおりのお蔭にて、俳句が繋がっています。（葛）

しおりの皆さん、では、お先にね

香港での生活も、いよいよ終わりを告げようとしています。三十冊のしおりを手にして、感謝の気持ち一杯です。皆さん本当にありがとうございました。

二回めのしおりで私は「なんだかわからないけど、楽しかったね香港は」と言えるように心がけて生活したいと書いております。ふり返りますと、まさに香港の生活はこの言葉通りになりました。何が楽しかったのと聞かれますと、なかなか明快に答えられませんが、やっぱり良い人達との出会いがあり、そして、その方達と俳句を通してつながりを持ち、意義のある素敵な時間を過ごせたことが楽しかったことと思うのです。その上、このように「心のしおり」という小冊子が形として残っているのも、香港での生活の大きな思い出で、そして大きな収穫でした。

まったく俳句には無縁の私が、「なんでもいいんよ、これでいいんよ」との言葉に勇気百倍、ここまでくることができました。娘のように可愛いかった由果ちゃん、良き看護婦さんをめざす裕子さん、お母さんになって幸せ一杯ののぞみさん、一緒にいると楽しく明るい気持ちになる真澄さん、知性あふれる日本女性の鏡のような紗智子さん、やさしい方です。睦美さんは上品で可愛くて、我家では睦美嬢と呼ばせてもらっています。美子さんはいつも前向きで元気、パソナではお世話になりました。肩のこらない愛らしい性格には参りました。善子ちゃん、いつも助けてもらってありがとう。一緒にビクトリア公園ですごした時間は忘れません。楽しかったね。

それぞれがマイペースで、そしてちょっぴりのんびりで、やさしさ、心の暖かさが皆さんに共通しています。こんなしおりの皆さんが大好きです。この極上メンバーに美由紀さんを加えての北京旅行は、楽しくて素晴らしい思い出となりました。計画してくださった葛さんありがとう。これからも思い出すでしょうね。子供のように楽しんでいる皆さんの笑顔と、掛軸を持った葛さんの姿をね。

五月に台北へ行きました。その帰り気がつくと飛行機は香港島上空を飛んでいます。その日は素晴らしい天気でした。時間合わせなのでしょうか、飛行機はゆっくりと旋回しています。新空港も見えます。ランタオ島の稜線もくっきりと見えます。そのうち「大仏のあたまいぼいぼいぼ蛙」（善子作）の大仏さんも小さくでしたが見えました。香港のビルディングが美しく輝いて見えます。二年半住んだなつかしいマンションも

――。なんだか私のために、香港をゆっくり飛んでくれているようです。ひとりでに胸が一杯になり、改めて香港が好きな私を再確認しました。

三年という短い香港でしたが、すぐ仲良くなり最後の最後まで仲良く、気持ちの良いおつきあいが出来ましたことを感謝しています。皆さんお元気でね。（由美子）

カット：善子

蝶二匹
手話の指先
欲しいまま

葛

心のしおり（32号）　一九九八年六月十五日　潮州皇宮酒楼にて

竹原由美子／伊藤善子／大西紗智子／吉澤睦美／江本美子／川端のぞみ／尾原　葛　七名

朝涼に呼吸する指太極拳　紗智子

すごく良い句だなと思いました。静と動が共存する動き、指の先までもその型の一部になっていることを、呼吸すると表現されているところが素晴らしいと思いました。（善子　評）

母がいて好きなカレーたっぷり夏　葛

何だか子供の頃を思い出してしまいました。何で子供ってカレーが好きなんでしょう。それも、お母さんが作ってくれたカレーが一番。夏休み一日中友達と海で遊んで、真っ黒になった顔でパクパク食べる。そんな懐かしい気持にさせてくれた句です。（善子

評）

若き日の哀愁遠く桜桃忌　（作者不明）

これでいいのですが、こんな風にも——

例 若き日が遠のく哀愁桜桃忌（葛　添削）

暗黒にとどろく雷鳴空ひび入る　（作者不明）

少し言葉を整理して——

例 暗黒に雷鳴雷光天にひび（葛　添削）

子をあやすこぼれる笑顔と夏帽子　（作者不明）

これでいいのですが、さらに——

例 稚児あやす笑顔こぼれる夏帽子（葛　添削）

麻の服心もシャッキと背を伸ばす　睦美

これでいいのですが、さらに――

例 麻の服シャッキと心も背も伸ばし（葛　添削）

夏夜空窓一杯に摩天楼　（作者不明）

こんな感じでいいのですが――

例 夏夜空不夜城となる摩天楼（葛　添削）

囀りや風にブーゲンビリア群れ　（作者不明）

すごくきれいな句ですね。なんだか安らぎを感じます。（善子　評）

さまざまな別れあわあわ青水無月　葛

人の別れってやっぱりいやですね。別れの日が近づくにつれて、ふつふつと寂しさが湧いてきて、そして、時と共に消えてゆく。あわあわ青水無月、すごくきれいな表現だと思いました。（善子　評）

姿良き鮎軽やかに瀬を翔ける　（作者不明）

言葉を整理して――

例　かろやかに鮎が瀬を翔け川光る（葛　添削）

新茶入れぶきっちょ指に水ぶくれ　善子

これでいいのですが、こんな風にも――

例　水ぶくれのぶきっちょな指新茶いれ（葛　添削）

箸つかう英吉利女性と夏料理　由美子

良い句です。時々、思いがけずに上手に箸を使う西洋人を見かけることがあります。夏料理だから、さっぱりと淡泊な料理、それと色白で金髪の青い瞳の女性が、上品に箸を使っている。そんな様子が目に浮かびます。なんとなく透明感を感じます。（葛呟き）

名脇役変化自在の冷奴　睦美

良い句です。ほんと、冷奴は手早く出せる一品で、薬味さえ変えれば七変化の味です。豆腐は湯豆腐、けんちん汁、すき焼き、鍋物、マーボウ豆腐等々、多種多様な食材です。正に名脇役です。（葛　呟き）

竹落葉祝身体健康一路順風　紗智子

なんだか難しいです。よくわかんないんで作者の方コメントお願いします。今年の夏も元気に迎える事が出来てなにより、少々の波風はともかくとして、こうやって生きている事は幸せだわ～って感じでしょうか？（善子　評）

はつ夏の北へ別離の友に手を　（作者不明）

「北へ」なんだか随分遠くへ行ってしまうような、寂しさが増す気がします。でも、これで最後ではなく、またいつかお会いしましょうねと、香港で生まれたつながりは、なかなか会えなくても、これからもずっと大切にしたいと思っていらっしゃるような――

（善子　評）

寝起き身に鞭打ちふらり梅雨じとじと　　のぞみ

これでいいのですが、少し言葉を整理して――

例 起き抜けの身体ゆらゆら梅雨深し（葛　添削）

葛饅頭ひと口ほおばり支那を去る　　由美子

面白い良い句です。支那・中国といえば大きな国です。そんな国をパクリと一口で頬張って食べた。そんなユーモアを感じる句です。（葛　呟き）

南瓜の色濃く写る陽の光　　（作者不明）

例 南瓜濃く朝日に映えて遠山河

参考までに、南瓜の花は夏で、南瓜の実は秋の季語です。（葛　呟き）

竹落葉真直ぐな道友の道　　紗智子

竹のように真っ直ぐな道、これから違う場所で違った人生を歩まれる友の、前向きな姿を句にされたのでしょうか。人それぞれ自分の道を、自分なりに生きて行きたいですね。（善子　評）

はつ夏の別れの一句書いて消し　葛

とても大切な友との別れに一句詠んでみたいと、いろんな思いでを思い起し言葉を並べてみるが、言葉にならない思いで一杯。すごくステキな関係だったのですね。（善子評）

汗拭い帰国荷物に封をする　由美子

これでいいのですが、さらに――

例 帰国の荷汗を拭いて赴任待ち（葛　添削）

惜しまれて句友の帰国竹落葉　（作者不明）

駐在の妻達の出会いには、必ず別れが訪れる。皆に親しまれ、すごくステキな方との

別れに、誰もが寂しさを感じているんですね。でも、夏の太陽に励まされ元気に頑張りましょう。（善子　評）

禁煙のサイン点灯駱がたけ　（作者不明）

どういう事を詠まれているのか、何度読んでもよくわかりません。すみません。何だか面白い表現だなとは思うのですが――。（善子　評）

雷神の居すわる都市を闊歩する　（作者不明）

作者の意と異なりますが――

㊀ 雷神が闊歩する都市高層階（葛　添削）

ねむの木が遥か空迄枝伸ばし　睦美

例 まっしぐらねむの木空へ枝伸ばし（葛　添削）

待ち伏せのオオカマキリは左きき

葛

心のしおり（35―2号）　一九九八年九月九日　翰騰閣にて

竹原由美子／伊藤善子／大西紗智子／吉澤睦美／江本美子／大須賀てる子／川端のぞみ／才田康子／尾原　葛　九名

口げんか休戦夜長の泥マスク

紗智子

人と言い争った後、怒りのあまり、能面をかぶったような無表情な顔をしている。それを泥マスクとたとえたのでしょう。それとも口喧嘩を一時休戦して、顔にパックをほどこし、ものを言えない状態になっているのでしょうか？日本人って、一般的に議論、討論が下手で、特に女の人は感情的になると思います。議論は議論として、わだかまりを残さず、終結させるのは難しいことです。何はともあれ、面白い句です。夜長と言えば思い出すのは、由果ちゃんのこと、元気にしているのでしょうか？真澄さんのこと、裕子さんのこと、勿論、由美子さんのこと。寂し～い、秋です～！（葛呟き）

電光表示するする嘘が遠花火　　　　　　葛

電光掲示の世に、次々と口から嘘が出て来るのを、するする——と表現して、日常によくある現象を面白く詠んでありますね。その嘘も、遠花火のようにたちまち消えてしまう——。上手に締めてあると思います。（睦美　評）

命日に蓑虫よりも鳴かぬなり　　　　　　康子

命日というのに、亡き人を悼む涙が出ない。出せない自分、或いは周りの人に対し苛立っているのでしょうか？　蓑虫さえ鳴くのに。こんな感じで作って下さい。（葛　呟き）

鰯雲手紙のみ込む赤ポスト　　　　　　由美子

面白い、いい句です。赤いポストがのみ込む手紙と鰯雲、季語が的確です。何故？と問われれば答えられませんが、（すみません、理論的人間でないため）。しかし、ある意味「季語が、的確」は感性？なのかもしれません！（葛　呟き）

柿田川富士の呼吸の清水湧く　　　　てる子

上手な、いい句です。「富士の呼吸の清水」なかなか言えない言の葉です。富士山の気品ある風景が見えてくるようです。柿田川の固有名詞がピッタリ決まっています。（葛呟き）

バティックと黒衣の女人南風の中　　（作者不明）

イスラム教圏のバザールの風景なんでしょうか。頭からすっぽりと黒い布を被り、眼だけ覗かせている女性。舗装など無く、埃っぽい蒸し暑い風と喧騒。そんな光景なんでしょうか？　作者に情景をお聞きしたいものです。（葛　呟き）

ばら一輪さしてほのかにルージュひく　　（作者不明）

良い句です。このバラは誰から？　もしかしたら、化粧してこれから会いに行く人からのもの？　誰のためにひくルージュ、自分のため？

「ゆるやかに着てひとと逢ふ蛍の夜　桂信子」

という私が好きな有名な句があり、その句を連想しました。（葛　呟き）

夕焼けて影絵のごとし浜の人　（作者不明）

例 夕焼けの渚影絵となりし人（葛　添削）

真青ないがぐり落ちて地球の子　由美子

面白い良い句です。丸いいがぐりと地球の取り合わせ、それも青いままのいがと、子の取り合わせ、底の方で繫がっています。（葛　呟き）

大活字とび出て新涼新刊書　葛

本屋にて、新刊書を知らせる大活字が「とび出て」という所が、イキイキしています。「新涼」も、さわやかな秋の始まりにふさわしい、この句に合っています。動きのある良い句です。（睦美　評）

ほころびを繕う思案アマリリス　紗智子

この句のほころびは、心の行き違いと思うのですが、心の悩みにたいして、アマリリスを持ってきたことによって、明るく悩みが解決しそうな状況が想像されます。良い句です。（葛　呟き）

読めない漢字羅列縦列西日の街　葛

香港の街を歩いていて、看板の文字が漢字の羅列で読めず、意味のわからない事はよくあります。「羅列縦列」が効いています。「西日の街」との取り合わせが、良い句だと思います。（睦美　評）

鰯雲今日から私も北の女　由美子

演歌だ、演歌だ〜よ〜！ そんな句です。北のイメージといえば東北、北陸、北海道、さざ波のような形の鰯雲は、北国に似合います。良い句です。（葛　呟き）

潮鳴りを聴いて夏の日豊かなり　美子

海鳴りが聞える旅館、ホテルに泊まって、ゆったりと寛いでいる風景が見えてきます。

良い句です。（葛　呟き）

ぽっかりと浮かぶビル間の秋の雲　（作者不明）

例 摩天楼すき間にぽっかり秋の雲（葛　添削）

月に居て地球に手を振る白昼夢　紗智子

面白い！　いい句です。昼月の彼方から地球に手をふる。なんとも愉快な発想です。いつの日か、そんなことが出来たら素晴らしい〜。メルヘンでないのです。近未来、現実性はあるのです。（葛　呟き）

国境の町を闊歩す白い靴　（作者不明）

夏の旅でしょうか。白い靴で国境の町を歩き回る——。何か映画の一シーンみたいです。夏の陽に、まぶしいほどの白が映える様子が目に浮かんできます。それにしても、季語は様々ですね。俳句を始めてから「え？　これも季語なの？」と驚く事が多いです。植物や天文以外にも、生活の季語が数多くあるのを知りました。（洗い髪、夜学、香

水等々）。（睦美　評）

赤々と陽は落ちサーファー帰りゆく　美子

こんな感じでいいのですが、少し言葉を整理して――

例 逆光にサーファー赤々夕焼けて（葛　添削）

朝顔の清々し青凛として　睦美

これでいいのですが、こんな風にも――

例 朝顔の青清々し凛として（葛　添削）

円相場夜勤のラーメン冷える秋　紗智子

不景気な時代になっています。日本、香港、アジア、でも、考えてみると、世の中の景気が良くなるとは、企業活動が活発になること。沢山製品を作り、売って、消費して景気をぐるぐるよくすること。それはある部分では、地球の資源をどんどん使い果たし、環境問題を起こさせることにも繋がります。でも、不景気で失業するのも問題ですし——。難しい〜〜ことです。

円相場が下がって、夜勤のラーメンが冷えて、のびて——、そんな感じでしょうか。暗いイメージの時事俳句です。

参考までに、夜なべ、夜仕事、夜業、秋の季語。冷やか、冷ゆ、も秋の季語。ただし、冷たし、底冷え、冬の季語です。（葛　呟き）

お日様も時差ぼけ欧州サマータイム　善子

時差ぼけのお日様とは、サマータイムの季節というのに、太陽がカンカン照っていないということでしょう。作者も時差ぼけで、少々頭がボンヤリしている。そんな状況でしょうか。面白い、いい句です。（葛　呟き）

異常気象病んでる地球寝冷えする　由美子

面白い、いい句です。へー、地球も寝冷えするんだ！　と思わず言ってしまいそうな句です。でも、少し厳しくいいますと、病む、寝冷え、が重なっているといわれるかも。

（葛　呟き）

マラッカの海黒々と夏の月　（作者不明）

マラッカ海峡が、夏の月の光を浴びて、黒々と横たわっていた。そんな状況でしょうか。赤道直下に近い夜の海、「マラッカ」という韻と「黒々」の言葉が、底の方で繋がっているような句です。（葛　呟き）

目の前を季節告げに来し赤とんぼ　睦美

赤とんぼというだけで、日本人は秋の到来を感じます。こんな感じでいいのですが、言葉を整理して――

例 赤とんぼ季節を告げに目の高さ（葛　添削）

まどろんで深海魚のように昼寝する　睦美

良い句です。でも、少し変えて――

例 まどろんで深海魚のごと昼寝する（葛　添削）

銀の匙磨かれ新涼性善説　　葛

銀のスプーンが磨かれて、ピカピカになっていくのを見て、作者は性善説を直感したのでしょうか？　磨かれる事によって光るのは、銀ばかりではなく、人も同じであると解釈したのですが、正解は——？（睦美　評）

郵便局隅に鈴虫声だより　　（作者不明）

良い句です。この頃は、ふるさと小包といって鈴虫、かぶと虫、椎茸の生えているくぬぎの木等が郵便局で売っています。この句の鈴虫も、売られる前に置かれている鈴虫なんでしょう。こんな小包を扱っているのは、当然都会から離れた田舎の郵便局と思いますが——。心が安らぐ風景です。（葛　呟き）

北欧の巨人に埋もれビール飲む　　（作者不明）

北欧の巨人といわれれば、連想するのは、昔テレビ番組で見たヴァイキング、海賊の祖先が、大きなジョッキと肉の塊を頬張っている情景です。そんな子孫のどっしりと

大きな男達に囲まれて飲むビール、どんな味だったのでしょうか？ 面白い、いい句です。（葛　呟き）

夕凪に祈りの歌のせまり来る　（作者不明）

優しい句です。祈りの歌とは、コーラン、賛美歌、でも決してお経ではないですね。或いは、声なき声の祈りのような心持ち、心理的な歌声。どちらにしても、ゆったりと、心安らぐ夕暮れのひと時が感じられます。良い句です。（葛　呟き）

台湾　故宮博物院

心のしおり（36号）　一九九八年十月十四日　SORABOLにて

竹原由美子／伊藤善子／大西紗智子／吉澤睦美／江本美子／大須賀てる子／川端のぞみ／尾原　葛　八名

骨密度測って良好れもん切る　由美子

なんて言えばいいのかよくわかんないですが、いい句ですね。そして「れもん」がいい。そう「れもん」じゃなきゃねと思いました。骨粗鬆症じゃなくて良かったですね。私達も、カルシウム摂取はもちろん、運動不足にも気を付けて過ごさなきゃですね。

（善子　評）

検査の結果が良かったことで、若々しくうきうきした気分になり、身軽に立ち上がってレモンを切って紅茶にそえる。レモンのかおりがパーッとひろがってくるようです。

（美子　評）

骨密度なんて言葉が句に現れるなんて！

骨密度をどのように測るのかわかりませんが、私としては、どうしても女性医学者が、若い男子の凍結人体を大きな電動鋸で、一ミリかなんかの厚さに輪切りにしていたテレビ・シーンと重なるのです。それ程までにして、人体の秘密を暴かなければならないのでしょうか。神様の神聖なる領域として、触れないでおく訳には行かないのでしょうか。それは私の独り言であって、私のような消極センチ主義者は見捨てられたまま、世の中はどんどん走って行くのでしょう。

ともあれ、作者の安堵と喜びが「れもん切る」によって、よく表現できていると思います。

また一方では、なぜか「はっ！」とする句です。現代俳句の先端を行く一句ではないでしょうか。（紗智子　評）

秋風に鈍い輝きいぶし銀

（作者不明）

いぶし銀―くすんだ銀色、いぶし銀が具体的に何なのか？

仏像、花瓶、ピン、スプーン？

例 秋風にどっかと大仏いぶし銀（葛　添削）

山川草木鳥獣虫魚皆晩夏　葛

地球に生きているすべての者が、夏の終わりを迎えている様子をダイナミックに詠んだ句です。最近は、温暖化で気候も変になって来ています。洪水や寒波で、警告を発しているのかもしれません。（睦美　評）

地球上のすべてのものが時を経て変わってゆく、そして、今の世界、日本、経済的な部分でも輝いていた夏は終り、秋、冬へと向かう影を落している。そんな今日この頃を詠んでいる様な句だと思います。しかし、この文字の並べ方、さすが〜〜という感じです。（善子　評）

肩ならべ慶州観光秋日和　（作者不明）

例 なで肩の友と慶州秋日和

夫の肩分厚く慶州秋日和（葛　添削）

草紅葉おとした時計の二十年　紗智子

二十年前に落とした、腕時計のたどった運命を思っているのと同時に、作者自身の二十年も回想しているのですね。（睦美　評）

二十年前に落とした時計は、どうなったのだろう。もし落としていなかったら——。青春の日々を振り返り、二十年の人生をふりかえり、ただ静かに秋の日ざしをあびている。そんな光景が目に浮かんできます。（美子　評）

十七字の少ない言葉なのに、小説でも読んでいるようなドラマを感じさせる素晴らしい句です。読み手である私に、いろんな思いをふくらませ、年月の重みを感じさせられ、オシャレな句でした。（由美子　評）

紺碧の空におにぎり秋の昼　由美子

「紺碧」という響きが好きです。そして好きな色です。おにぎり作って皆でハイキングに行ったことを思いだします。とても楽しかったです。由美子さんに教えてもらった、色んなおむすびとか――（善子　評）

目によろしぷちぷちぷちと干し無花果　　善子

私も先日、初めて干し無花果を食べましたが、美味しかったです。目にも良いと聞いて、その感触を思い出しました。可愛い句です。（睦美　評）

干しいちじくはわかりませんが、完熟したいちじく、それを甘露煮、口の中でプチプチおどるよ。ああ〜、食べたい〜〜。（てる子　評）

「目によろし」の関西風の柔らかい言い回しと、「ぷちぷちぷちと」はじけてとんでいる言葉の使い方が新鮮です。（美子　評）

鰯雲高層病室無菌室　　葛

高層病室無菌室と風情のないもの三つをくっつけると、やっぱり風情の無いものなんだけれど、不思議に美しい。この部屋で鰯雲を眺めている人は、生も死も超越して、ただ雲といっしょに大空を漂っているに違いない。（美子　評）

石仏とわたし秋日の中にいる

美子

ある秋の日の風景ですが「居る」という言葉が、静止した一場面を思わせます。夕陽の中の一シーンを思いうかべました。良い句です。（睦美　評）

石仏のそばには秋の草花、そしてその後ろには、秋の彩りに染まった木々。やわらかい陽ざしの中に、石仏といる静かで豊かな時が流れていくのが伝わるやさしげな句です。大好きです。（由美子　評）

石仏というのは、大方が作者不詳、由来不詳であったり、また、由来があっても現在まで語りつがれることなく、草むらに埋もれていたりしているものの様に思います。或いは、一群の石仏が立っている所もあるそうですが。この句はおそらく、一つの石

仏と並んで座り、煩雑な日常生活のあれこれから逃れ、心を休ませている一刻の情景でしょうか。（紗智子　評）

寅年のお腹の赤ちゃん街新涼　紗智子

寅年のお腹の赤ちゃん、なんだか金太郎、桃太郎のような元気一杯の赤ちゃんが、お母さんのお腹を蹴っている。そんなイメージが浮かびます。そして「新涼」という季語に、そんな赤ちゃんに負けない、お母さんの元気さ、溌溂さが感じられます。（葛評）

葉先から紅く化粧の山もみじ　由美子

この句を読んで、九月に京都・銀閣寺で、葉先が少し紅くなったもみじを見た事を思い出しました。香港に住んでいると、日本の紅葉に新鮮味を覚えます。（睦美　評）

すごく日本を感じる句だと思いました。日本をなつかしむ私は、やっぱり日本人です。よかった日本人で。「紅く化粧」なんて、とてもきれいな表現で本当にステキな句だと

思いました。（善子　評）

秋になり、色とりどりに紅葉が始まる日本の山々は、本当に美しいものです。でも、一枚の葉っぱがどの部分から、どの様に色づいて行くのか。注意深く見た事が無い私ですが、この間、銀杏の葉が葉先から黄色でふちどりをした様な紅葉の始まりを見て、俳句にしたいと思いながら出来なかった矢先でした。これから急ピッチで、山々のお化粧が始まることでしょう。紅葉を化粧と捉えたところが面白い句だと思います。（紗智子　評）

新涼に磨かれガラスのエレベーター　葛

いつも見慣れているガラスのエレベーターなのに、今日は涼しくなってきたなあ！と感じながら歩いていると、ガラスのエレベータもひんやりと透き通って上下するのが、いやに新鮮に目についたという所でしょうか。新涼という季語と、ガラスのエレベーターの冷たい感触がピッタリして、都会的な季節感あふれる一句です。（紗智子評）

ビルの谷行き交う人の秋めいて　　てる子

熱い香港、摩天楼の香港、人で一杯の道銅鑼湾、まだまだ人は半そで姿なのでしょうが、それでもだんだん長袖や秋色の服など、なんとなく涼しくなっている香港を感じます。（由美子　評）

あるがままあるがままにと鰯雲　　紗智子

「お〜い雲よ、どこまで行くんだー」空を見上げ、自分自身をふり返る――。自分らしく、精一杯生きればいいのよ、と答えているような句です。（てる子　評）

鰯雲の使い方がいいと思いました。なんだか好きな句です。何か自分自身に一生懸命言って聞かせているのでしょうか。ふと見上げると鰯雲、この季節の句だという気がします。（善子　評）

ランタンが色ちりばめて中秋節　（作者不明）

こんな感じでいいのですが、さらに――

例 ランタンの赤青原色中秋節（葛　添削）

焦る心なだめる如き星月夜　睦美

何に心が焦っているのでしょうか。ちょっと気になります。やらなくっちゃと自分をせっついて、けど思うように進まない。気持ちばかり焦って一生懸命のつもりだが、目的のまだ半分にもいかないとか。そんな作者の焦り度合が感じられる句だと思います。（善子　評）

人の心は日々ゆれ動きます。満足して終わる一日もあれば、しぼんだ心で終わる日もけっこう多いものです。私もそんな日、夜空の美しい月や星をみつけて、それだけでなぐさめられる事がよくあります。「しおり」の仲間にも、このような私と同じ気持ちの人がいるのだなア、と親近感をもちました。（由美子　評）

ファックスが口を開けてる夜の秋　　　　葛

今夜はファックスも暇のようです。口をあけてまっているのに何も入ってこない。ユーモアのあるいい句です。（私は口を開けて寝ているかも――）（てるこ　評）

「ファックスが口を開けてる」なんておもしろい。ほんとそうですね。飲み込んだり、吐きだしたり、夏も終わり、夜が少し長くなってきたある夜、昼間は日常のざわつきに気にも止めず、ただそこに居るだけのファックスが「ぽかーんと口を開けてるみたい、フフフ」なーんて思われたのかしら、「夜の秋」だからピシッときまってる気がします。（善子　評）

この句を読んだ時、これは札幌からの投句を待っているファックスだわと思わず笑いと、ごめんねとつぶやきました。ファックスが口を開けている状況がよくわかり、何度よんでもやっぱりおかしいのです。葛さんごめんね。（由美子　評）

家庭の中にファックスが入ってきて、どの位になったでしょう。それ程必要とも思われないものですが、あればあったで電話と同じように、親しみのある機械になり、側を通る時は、自然に目がファックスに行っています。その時は必ず、一種の期待が伴っています。冷蔵庫や洗濯機を見る時とはおのづと違う眼です。それは、おそらくこの機械の向こうには、自分や自分の家族と関係のある親類、友人、知人など一群の人々がいることを漫然と意識しているからでしょう。秋ともなれば人恋しい季節、まして夜ともなれば、ただ口をあけているだけのファックスに、寂しさと期待を感じている作者の眼が感じられます。

ファックスという無機質なものに、もっと有機質な「口を開けてる」という言葉をつづけた事によって醸し出されている硬質な寂寥感、現代俳句として生き生きとしていると思います。（紗智子　評）

せきれいの遊ぶ離宮の石ふるく

（作者不明）

こんな感じでいいのですが、こんな風にも——

例 せきれいの遊ぶ離宮の苔の石（葛　添削）

スタジアム熱気の頭上秋の風　てる子

声援飛び交うスタジアム――。アメリカを想像しますが、その中の熱気とは対照的に、上空にはすでに秋の涼風が吹いている――。さりげない句です。（睦美　評）

秋高しわけへだてなくごはん盛る　紗智子

心身ともに健康で、元気で若々しい句です。家族が沢山いて、温かなご飯の向こうに、幸せな一家がみえるようです。こんな句が詠め、いいですね。（由美子　評）

食慾の秋、皆で食べるご飯は一番おいしい。大きな子にも、小さい子にも、分け隔てなくご飯をよそうお母さんの姿が目に浮かびます。現代の核家族だと、いつもは夫のお茶碗に沢山よそうのに、新米のおいしい時には、妻である自分のお茶碗にも、同じようによそって夫に負けない様食べる。平和な日本の秋の風景です。（美子　評）

銀閣の渋さ和らぐ百日紅　睦美

落ち着いた色合いの銀閣寺、そして真紅のさるすべり、一枚の絵をすぐ頭に思い浮かべました。正統派の句のように感じます。（由美子　評）

百日紅の赤が神さび、静寂に包まれ、ちょっと近寄りがたい美しさの銀閣に血の通ったあたたかさを与えている。そんなイメージが浮かんできました。（美子　評）

肩パットはずし紅葉の山に入る　葛

深呼吸をしたくなるような、リラックスできる句です。「肩パット」が面白い表現です。（てる子　評）

最近の服は昔ほど高くパットを入れなくなりましたが、それでも、パットの入っている服は、気楽な服ではないようです。山に入るには、気楽な運動服などが一番で、ついでに、煩わしい事も頭の外に放り出して、紅葉を訪ねて山へ入る。命の洗濯が終われば、また明日から肩にも心にもパットでガードして生活していかなければなりません。忙しい現代生活のリフレッシュの一刻が素直に詠まれて、共鳴できる一句です。

（紗智子　評）

目眩して鉄分不足の菊人形　　由美子

鮮明な黄色の菊で作られた菊人形の前に待つと、何故か目眩を感じます。この頃、ちょっと鉄分不足の食生活をしているせいかしら〜〜、なんて声が聞えてきそうです。面白い、いい句です。（葛　呟き）

三姉妹それぞれの刻秋灯　　美子

人それぞれに、その人らしい秋を感じて過ごしているのでしょう。うなずける良い句です。（てる子　評）

幼い頃、仲良く一緒の時を過ごした三姉妹が、今はそれぞれの生活を送っている——。「秋灯し」で回想している姿と、セピア色の昔の情景も浮かんできて、気持ちが暖かくなるような句です。（睦美　評）

退屈な白

輪廻とは地球という名のマニ車
ヒンドウの神々蝶に成りすまし
横顔が喋りたりない立葵
脳軟化よっしゃよっしゃと百日紅
胡桃割る地球が欠けるまで割る
脳の皺縮みはじめる白い芥子
ベンガルの朝焼けただただ子沢山
顔に青筋糸瓜の蔓がからまる
食指伸ばす食虫植物熱帯林
豆の芽が鼻の穴から地球病み
神々が宿る雪嶺にヤクの糞
日付変更線鉈で割られたマンゴー
幹つかむ空蝉つぼみのまま造花

ターバンから飛び出た火星探索機
黄砂舞う受け身捨て身の大極拳
流しても流れない嘘牡蠣の口
蝉の穴地下で繋がる国境
簡体字病垂れふえ柳絮舞う
始祖鳥の化石見下ろす阿呆鳥
描くために眉剃る朝から入道雲
糸瓜の水どっとくも膜下出血
牡蠣殻が山積みにっぽんさくら丸
文化財保護切り身になった桜鯛
偽物が氾濫水母が揺り揺られ
逃げ切れず登る赤道直下の椰子
白魚の瞳だけが泳いで不眠症
日本民族霊長目ヒトさくら散る
全身が耳になってる大海鼠

自画像を飾りたてている紋白蝶
天国は退屈な白夏大根

（夏ぼけの頭を叩いた連作三十句　葛）

カット：のぞみ

ももすもも
いづれは独り
山の端に

葛

心のしおり（41号）　一九九九年三月十日　知登世にて

竹原由美子／伊藤善子／大西紗智子／吉澤睦美／江本美子／
大須賀てる子／萩野百合子／川端のぞみ／尾原　葛　九名

新急須豆腐で煮てる春ひなか　　由美子

中国茶では、新しい急須を使う前に、急須に豆腐をつめて水からコトコト煮る。それから使用するお茶でまた煮ると、においが取れてお茶の香りがつく、との作者の言葉です。

急須にお茶の葉を入れて飲む方法は、日本、中国とよく似ているようですが、少し違うところがあります。特に中国式茶の作法では、湯呑みに葉っぱを入れたままお茶を飲む！　さらにある地方では、出がらしの葉っぱを食べるとか。これは驚きです。正に、文化の違いなんでしょう。（葛　呟き）

山椒の芽叩いて香りを卓に呼ぶ　（作者不明）

これでいいのですが、こんな風にも――

例　芽山椒叩いて香りを食卓に（葛　添削）

雛自慢長距離電話の声可愛らし　（作者不明）

少し言葉を整理して――

例　雛自慢長距離電話稚児の声（葛　添削）

春着きて姉妹でかけ合う花ボタン　紗智子

仲の良い姉妹が、小さい手でお互いの服のボタンを掛け合っているのでしょう。微笑ましい光景です。（葛　呟き）

こんにゃくで整腸うららうららうらら　葛

春うららかな日、体調もよく「うららうららー」と以前に流行った歌で、踊りたく

なるようなユーモラスで楽しい句です。（百合子　評）

凍て返る等圧線は密になり　由美子

西高東低になった冬型天気図、等圧線が南北に縦じまになり、その線の間隔が密になって、いよいよ厳しくなって来る寒さを表している。そんな天気図が見えてきます。良い句です。（葛　呟き）

つかの間の静寂貴重な旧正月　（作者不明）

作者の意と異なりますが——

例　つかの間の静寂爆竹止み新年（葛　添削）

揺れゆれてピンクフロイド春の風　美子

声出して読んでみますと、すごくノリの良い句です。ピンクフロイドはイギリス？のロックグループですか。名前はよく聞く有名なグループですが、曲はすぐに浮かんできません。ハードロックで春の嵐となりそうですが、この句では、「春の風」そして揺

れゆれとなっていますので、バラード風の曲になっているようです。リズムの良い好感度の句です。（由美子　評）

梅描きかざして見ればボケの花　善子

少し作者の意とことなりますが――

例　梅描くボケの花に似しと友
　ボケの花に似せし梅描き絵画展（葛　添削）

ヘイ・ユー悪ぶってみたい春愁　美子

面白いいい句です。これでいいのですが、いっそのこと――

例　ヘイ・ユー悪ぶった貌春愁い（葛　添削）

野の花に降っては消える春の雪　百合子

これでいいのですが、こんな風にも――

例　野の花の花芯に消えし春の雪（葛　添削）

訃がふたつ二月の海の左右から　紗智子

私共の年代になりますと、喪中のハガキが届いたり、人とのわかれが身近に多くなります。作者には、たて続けに訃報がとどいたのでしょうか。厳しさが増す二月に、かなしみが大荒れの海のように作者の心のなかを通り過ぎ、海の左右からという表現が、悲しみを深くつたえているようです。（由美子　評）

啓蟄を驚蟄と書く異国文字　葛

漢字を使う日本と香港で、同じ意味の言葉でも違う文字で書く場合が多々あります。「驚蟄」と書くと虫たちが地上に出てきて、その変わりように驚いている様子を想像してしまいます。また一つ、勉強しました。（百合子　評）

槌音に春眠破られひとり起き　睦美

少し言葉を整理して――

例　春眠を破る槌音ビル工事（葛　添削）

慣れた手で酢料理桜咲くはなし　葛

受験の結果を待ち、祝いの膳の用意をしているのでしょうか。桜は咲かなかったけれども、いつものように仕度を始める。淡々とした中に、やさしさが感じられる句です。

（百合子　評）

ママ空はどうして青いのしゃぼん玉　美子

メルヘンチックでいい句です。いわさきちひろの少女の絵のようです。（葛　呟き）

便秘解消おなかすべすべ山笑う　（作者不明）

日常の事柄が、すんなりと俳句の題材になるのですね。「なるほど」と思わず納得してしまいます。身も心も軽くなり「さあ出かけよう」と春の山が誘っているようです。

（百合子　評）

蓬つみ無口な女の背にひかり　美子

子供の頃、お友だちの家族につれられて、よもぎを摘んだ楽しい思い出があります。私にとって非日常的なことでしたが、この句の中の女性にとっては、蓬つみは生活の一部なのでしょうね。この方の後姿から、真面目に生きている姿が、無口な女という表現であらわされているようです。春のやわらかい陽が背に当たり、作者の暖かな気持ちがうけとれます。（由美子　評）

三代の男住まわせ雛飾る　紗智子

女系家族とはよく言いますが、男系家族とは聞きませんね、作者の家族は、おじいちゃん、ご主人、そして息子二人の家族構成がうかびました。日頃から男達の世話にあけくれる毎日、ちょっと殺風景な部屋におひな様を飾ってお母さんは、女性ですよとアピールしているような楽しい句です。「男住まわせ」の言いまわしが素敵で憎いね。（由美子　評）

啓蟄の真人間になる誓い　葛

二十四節の一つ啓蟄、虫たちも新たな決意をもって地上に出てくるのでしょうか。虫

になぞらえて誓いを立てた作者の真摯さが感じられます。（百合子　評）

真人間という言葉が、まず私の心をつかみました。真人間ってどんな人を言うのでしょうか。それぞれに意味や思いは違うでしょうが、誰でも今よりはちょっぴり良くなりたいという願望はありますよね。土の中に戻って、ちょっと変身し、今度は真人間に近づくよう誓いを立てる。そんなことが毎年できたら面白いですね。自分自身の心がけ次第なのですが、わかっているけどできませんね。良い句です。（由美子　評）

東京は春一番と娘が知らせ　（作者不明）

親元を離れて暮らしている娘からの明るい便り。あ〜元気に暮らしているんだという、親の安堵感が伝わってきます。良い句です。（葛　呟き）

菜の花を一輪さして利休の忌　てる子

これでいいのですが、参考までに、「菜の花」・「利休の忌」ともに春の季語で焦点が二つなので一つに――

例　野の花を一輪さして利休の忌
菜の花を一輪床に茶花とす（葛　添削）

旧正の初もうでくん製人間　　善子

少し言葉を整理して――

例　線香に燻製にされ初もうで
線香の煙とどよめき初もうで（葛　添削）

ウノカード遊び

心のしおり（47号）　一九九九年九月十五日　知登世にて

竹原由美子／伊藤善子／吉澤睦美／江本美子／萩野百合子／川端のぞみ／尾原　葛　七名

いっぱい秋なす喰う嫁あっけらかん　　百合子

「嫁に喰わすな秋茄子」と昔からよく言われますが、本当にお腹を冷やすのか、それとも、美味しい物を嫁に食べさすのが惜しいのか？「あっけらかん」で、明るくユーモアな雰囲気になっています。良い句です。（葛　呟き）

夏の夜にハーンが奏でる怪談話　　（作者不明）

子供の頃、夏の夜近所の子供達が集まって、神社の真っ暗い境内の奥へ、何処まで怖がらずに走って行けるか？というような遊びをよくしたものです。昔、夜は今のように明るくありませんでした。暗闇そのものでした。闇―恐怖―おばけ―怪談、そんな構図でした。

確か、ハーンの日本名は小泉八雲でしたよね。異邦人の手によって、おどろおどろしい日本文化の怪談話の良さを見つけられていたのですよね。自国の文化をたいせつに。

㊟ 夏柳ハーンの怪談話の夜（葛　添削）

顔中にピアスの青年いびつな夏　　葛

耳たぶだけでなく、眉、鼻、舌先にまでピアスをしている青年の心の内には、一体何があるのだろうとつい考えてしまう。穏健な中年世代の私には、作者の心情がよくわかります。人間が人間らしく、素直にありのままの自分を表現できるとしたら、顔中にピアスをするという行為にはならないような気がします。いびつな形をとらざるを得ないのかもしれませんね。

前半、顔中にピアスの青年には揶揄するような軽さがあり、後半、いびつな夏で転調、どことなく不安を表現していて、すぐれた一句だと思います。（美子　評）

直線の姿崩さず秋刀魚焼く　　由美子

秋刀魚はやっぱり真っ直ぐがいいですね。鮎は串をさして踊っている姿にしたりしますが。慎重に心を込めて秋刀魚を焼いている状況が目に浮かび、おいしそうな匂いさえ漂ってくるようです。

物本来のかたちを大切にするって、大事なことなんだなあと気づかされました。気持ちの良い一句です。（美子　評）

お芋お芋老いも若きもお芋お芋　百合子

ひたすら、お芋、お芋、とわめいている変な句です。でも、そんな可笑しな？句があってもいいのでは、と思わせるような音律です。（葛　呟き）

車道にも椰子の木植わって夏の国　（作者不明）

こんな風にも――

例 直線に椰子の街路樹夏の国（葛　添削）

ほほづえの少女恋に恋して虹　葛

ほほづえの少女もいいし、恋に恋してとたたみかける所もいいし、最後に虹と決めたのが、何より明るい未来を暗示していて素敵です。俳句って、こんなにオシャレで素敵なんですねえ。（美子　評）

白壁に列ゆったりと風の盆

美子

十五年ほど前に富山に住んでいた時、八尾の風の盆を見に行きました。夏のお祭りとなりますと、にぎやかにそして、勇壮な祭りがおおいものですが、この風の盆、踊りも笛の音も哀愁を感じさせられるものでした。八尾の町も小さいけれど文化的で、歴史を大切にしている趣のある町並みでした。そんな町なかを、まさにゆったりと踊りが広がっていく様を思い出す、そんな句でした。（由美子　評）

公園のぬけ道塞ぐねこじゃらし

由美子

最初、素直で良い句だと思ったのですが、もう少し意外性とかが感じられると、ぬけ道を通る面白さが増すのじゃないでしょうか。（美子　評）

秋日和ふと降り立つ小さな駅　百合子

秋というのは、感傷的な気持になる季節ですね。そんな時に作者は、心ひかれる駅に降り立ったのでしょうか。それとも、心のままに旅をしたいという願いもあるのでしょうか。どちらにしても、ゆとりのあるこんな旅をしたいものです。（由美子　評）

我が家にももれなく土産台風一過　（作者不明）

作者の意と異なりますが――

例 大窓を割って台風遁走す（葛　添削）

引き込まれ手足あたふた盆踊り　美子

こんな風にも――

例 飛び込んで手足ちぐはぐ盆踊り（葛　添削）

ぎっしりと手帳に似顔絵いわし雲　（作者不明）

名前を書かず、似顔絵の下に電話番号とかその人の好きなもの、嫌なものとか、同じく絵で描いてあったりすると楽しいよね。（美子　評）

平凡に生きてほうびのきのこ飯　　百合子

なに事もなく平穏に暮らしてゆく事が大変ということが、やっとわかる年となりました。毎日のくらしに喜びと感謝の心を持っている、作者の気持ちが伝わる、良い句です。（由美子　評）

高層の窓にも飛脚赤トンボ　　睦美

こんなふうにも——

例 高層の窓に飛脚の赤トンボ（葛　添削）

下あごがはずれた心地す夏の果て　（作者不明）

何かがかみ合わないでスッキリしないまま、今年の夏も終わってしまったのか。それとも暑さのせいで疲れが出ただけなのか、もう少し具体的だと、インパクトが強くなっ

ていいのにと思いました。（美子　評）

どんな夏だったのかしら、下あごがずれた心地の表現で、口があんぐりあいた状態なのか、箍《たが》がゆるむような様子なのか、これといった状況はわかりませんが、なんとなく、こんな事なのかしらと想像させる表現で、おもしろいと思いました。（由美子　評）

大ぶりの益子の皿に秋鰈　由美子

堂々として美しい句ですね。字面も良くて、是非とも、額飾りにするべきです。勿論、鰈の絵は善子ちゃんの担当で。（美子　評）

長き夜語学テープは子守歌　百合子

何をする時でも、語学のテープを聞きながら、というように徹底すれば、少しは学力アップするのでは――、と身につまされて読みました。

例 長き夜語学テープの子守歌

「は」を「の」に変えて――（葛　添削）

漂泊の詩人がたどりし夕月夜　睦美

月の美しい季節です。漂白の詩人とは、誰か特定の人なんでしょうね。私達も大自然の美しさの前で感動し、心は詩人ですが、表現するという作業になるとダメですね。でも、夕月夜を美しいとながめることで充分ですね。きれいな句です。（由美子　評）

カット：善子

日脚伸ぶ
たしかな時間
共有す

葛

心のしおり（48号）　一九九九年十月十三日　知登世にて

竹原由美子／伊藤善子／吉澤睦美／江本美子／萩野百合子／大西紗智子／尾原　葛　七名

ブロンズの裸婦佇んで秋思う　由美子

ブロンズの裸婦像と、物思う秋は、正にピッタリとマッチしていますね。美術館を訪れた時に出来た句かしら？ 何処か作者の優しい気持ちが伝わってくるような、秋色の句です。（睦美　評）

焼松茸ぼろ家も風情ありげな　美子

少し作者の意と異なりますが――

例 松茸焼く匂い破れ障子から（葛　添削）

こめかみに銃口胡桃割るドラマ　　葛

「こめかみに銃口」で思い出すのは、ベトナム戦争を描いたある映画なのですが、題名が思い出せません。「胡桃割るドラマ」との関連がわからないのですが、教えて下さい。（睦美　評）

俳句を詩のひとつと考えれば（勿論、写生句、生活句、主情句、社会俳句等々ありますが）理屈でなく、言葉と言葉の衝撃？或いは感覚？で俳句を詠む時があります。そんな時、上手く言葉が響き合っているか？そこが勝負で、人目にさらした後、ああ、失敗かなと再考したり、その句を捨てたりします。ある意味「俳句は読者の知性、教養、器量に委ねる」ことなのかも〜〜。詠み手と読み手、が同じ土俵に立っているのです。（葛　呟き）

台風一過エアコン落ちて壁の穴　　善子

この頃、香港に台風があまり来ない様に思っていたけれど、来たと思ったら、この間のは凄かったようでびっくり！

多分このエアコンは、外からの強風に押されて、部屋の中へ吹き落とされたんではないかと思いますが、ヒラヒラした看板ならともかく、なんであんな重い物が、あの狭い場所から室内へ吹き落されるのか？こんなこと、前にも知人の家で起こり、その穴から大雨が吹き込み、床上浸水？となり、塵取りで水すくいをする羽目になり大変でした。台風の後、すっぽり抜けた壁の穴は、被害もさることながらあほらしくて、苦笑したくなる光景ですね。

台風とエアコンは季重なりだと思いますが、この土地では年中と言って良いほど使われていて、私などエアコンを入れて、電気マットを使ったりしますから、香港ならではの句、ということで許されますか？面白い句だと思います。（紗智子　評）

森中のお喋り聞いて木の実落つ　　由美子

日本には西欧にくらべると、森について歌われたり、描かれたりしたものが少ない様に思いますが、北海道には、作者が楽しまれるような森が沢山あるのでしょうか。駆け足でやってくる冬の為に、すべての動植物がさざめき、啼きかわしながらその仕度に忙しい様子を、作者は感覚を全開にして受け止めていられるのですね。優しい姿勢を感じさせられる、そして、いかにも自然の秋を感じさせる、得がたい一句だと思います。（紗智子　評）

メルヘンチックな句です。鳥のさえずり、動物の鳴き声、葉のざわめき、落葉の乾いた音等々――。「お喋り」とした所が良いですね。北欧の国を連想しました。ムーミン谷の一季節を描いているようで、素敵な句ですね。（睦美　評）

海に浮く空港糸瓜の蔓が伸び　葛

ひょろひょろと糸瓜の蔓が伸び、海に浮いてる空港の端にとりついて風に吹かれているような、シャガールの絵を想像するような面白い句です。海に浮くと言っても、海面には接していない空港を思ってしまうのです。将来はそんな空港ができ、人々は背中に羽をつけて、近距離旅行をするかもしれない。空港に羽を預けておいて、地球一周旅行三時間なんて――。長生きしたいですね！（紗智子　評）

海を埋め立てて造られた空港の長い滑走路を、糸瓜の蔓に見立てるなんて素晴らしい！観察眼がフレッシュです。色々な物を見て心を動かされても、それを言葉に上手に表現できるかどうかが問題です。私にとって、永遠の課題です。（睦美　評）

秋晴るる迷惑かけずに生きた人　百合子

人様に迷惑をかけず生きてゆくのが、かっての日本人の心情でした。勤勉、実直、正直と日本人魂のお手本のような人が、唐突に思いもかけない時にこの世を去ったのでしょう。良い句です。これで充分いいのですが、「天高し」とした方が亡くなった人が大きく見えるように思うのですが——。

例 天高し迷惑かけずに生きた人（葛　添削）

秋の夜に地球が震える世紀末　善子

札幌の紅葉は今がみごろでしょうか。窓から見える低い山々（丘のようなものです）が日々変化してゆく様は楽しみでした。もうすぐ山の賞味期限も切れそうです。昨日は雪虫がいっぱい飛んで、朝みると網戸にひっついて死んでいました。もうすぐ十一月、いつ雪が降ってもおかしくない季節ですね。香港は、一番過ごしやすい頃ですね。今月の選句です。世界のあちこちで大きな地震が起きています。まさに、この句の表現通り、地球が震えているのでしょうね。最近の地球の姿を、上手にとらえた句と思いました。（由美子　評）

毬の栗はじけて見つめる空の青　由美子

作者は忙しい日々を送っていたのでしょうか。はじけた毬の栗を見て秋を実感し、思わず空を見上げると、まさに秋晴れの青――。

香港に住んでいると、抜けるような青空を見たい！と思います。（もろん秋には、青い空もあるけれど）（睦美　評）

夜長しニタッと放屁る夫をぶつ　（作者不明）

作者の意と異なりますが――

例 豪快に夫が放屁て秋深む（葛　添削）

首のしわ写す手鏡秋日濃し　　葛

一瞬ドキリとする句です。首と手に年齢が出ると言いますが、自然のしわも美しいと思います。美しく年を重ねている人を見ると、私もそうなりたいと――、心の余裕が大切なのに、現実は厳しいものがあります。迷いの多い毎日です。（睦美　評）

もろこしの実が生真面目に並んでいる　　睦美

人がとうもろこしを見た時、なにを感じるかは人それぞれと思いますが、もろこしの実がひとつひとつ輝きをもって、しかも生真面目に並んでいると感じられるのは、作者自身の真面目で、おおらかな心理がもろこしの実に反映し、この一句になったものと思います。生き生きとした、良い句だと思います。（紗智子　評）

とうもろこしを改めて考えてみますと、純朴で不器用そうで、そして生真面目な雰囲気ですね。とうもろこしの実がきれいに並んで誠実さもあり、この句の通りで、とうもろこし同様、好感のある句です。（由美子　評）

嵐過ぎトンボ踊ってひと安心　（作者不明）

例　嵐過ぎトンボの飛翔水平に（葛　添削）

放射能漏れてのぞき見障子開け　善子

起きてはいけない事故が起きてしまいましたね。とても深刻で大変な事故なのですが、ちょっとそれは置いといて――。怖いもの見たさでしょうか。障子を開けてちょっとのぞいてみよう、という作者のユーモアがでていますね。放射能と障子というまったく異なったものが、この句では、違和感なくでていて面白い句と思いました。（由美子評）

女性誌のグラビア彩る秋の花　（作者不明）

秋の花も数多くありますが、コスモスを連想しました。女性誌のグラビアには、花もあり、人の華もありますね。さり気なく作られた一句です。（睦美　評）

耳澄まし台風の目を聴いている　美子

鉄筋コンクリートの建物の中にいて、一度は安全とわかっていても、ヒューと鳴る風の音を聞けば不安感がつのるのは、太古から人間もひとつの生き物として、危険に対してては耳を立て、匂いを嗅いで情報を分析、判断して、身を守ってきた本能が目覚めるからでしょうか？ ぶきみな嵐の前の静けさ、一度は行ってしまったけれど、また反対方向から襲いかかってくるぞと、身がまえているような作者と、その室内の緊張がよく伝わってきます。

台風の目を聴く、という表現が不当の様でいて、その実、その台風の目は外郭に凄まじい旋風を伴っているものとして、捉え方の大きな良い句だと思います。（紗智子　評）

鳥葬にされて輪廻の秋の蝶　葛

生きるものは全て、死後もまた別の世界に生まれ、迷うのを繰り返すのでしょうか。これを句にするのは難しいと思っていました。でも、この句は、さらりと詠まれているので、重々しさを感じません。「秋の蝶」だから良いのでしょうね。（睦美　評）

梨の肌中間色の美しさ　（作者不明）

例 たっぷりと果肉に果汁の梨の肌（葛　添削）

木犀の香が案内夜の客　百合子

庭に植えられている木犀の木から、甘い香りが漂ってきている。そんな秋の一夜、木犀の香りに魅せられるかのように、珍客が玄関のベルを鳴らして立っていた。そんな情景でしょうか。良い句です。（葛　呟き）

今日もまた地球まわって木の実落つ　由美子

日常眼に見えない遠い所のことは、つい忘れそうになります。天体の動きは休むことなく日々続いていることを、優しく思い出させてくれるような句ですね。由美子さんらしい句だと思います。北海道は気温もだいぶん下がってきていますね。（睦美　評）

焼松茸真剣勝負で箸を出し　善子

例 焼松茸真剣勝負の箸と箸（葛　添削）

動く歩道に乗って見に行く曼珠沙華　葛

発想が楽しいですね。動く歩道は空港などに設置されていますが、それに乗って、田園の回りやお寺の庭に咲いている曼珠沙華を見に行くという。私などこんなやわらかな発想ができません。インパクトのある句ですね。（由美子　評）

動く歩道——、現代的なものと、曼珠沙華——。何処か古風なものとの取り合わせが新鮮ですね。以前住んでいた横浜の家の近くで、細い道の真ん中に、存在を自己主張するかのように、曼珠沙華が咲いていたのを思い出します。秋を思わせる花ですね。

（睦美　評）

胡桃割る脳を見る様な心地して　睦美

この句も曼珠沙華同様に、インパクトのある不思議な句と思いましたが、胡桃の中は、そういえば人間の脳にもよく似ていますね。それに気が付いて句にした作者に拍手。

（由美子　評）

前句（もろこしの実――）と同様に、対象に素直な興味を示している一句です。作者は、脳という私達の生命を司る神秘なものに対する、恐れの様な感情を、胡桃の形状に託して表現されています。毎日の生活の中で、ごくありふれたものを見て、感性を刺激され詩になるという事は、素晴らしいことで、羨ましい限りです。（紗智子　評）

カット：紗智子

心のしおり（49号）　一九九九年十一月十七日　慶にて

竹原由美子／伊藤善子／吉澤睦美／江本美子／萩野百合子／川端のぞみ／尾原　葛　七名

幸福ははふはふはふとふくシチュー鍋　百合子

面白い句です。食べることの幸福感が実感できます。これで充分いいのですが「ふく」を除けるほうがすっきりします。基本的に字あまり、字足らずを認めますが、推敲して可能な限り、定型に近づける必要性はあります。

㊟幸福ははふはふはふとシチュー鍋（葛　添削）

木の葉舞う四方八方サロンパス　葛

体中に貼られたサロンパスも、木の葉とうたわれたらきれいですね。余談ですが、先日作者が言われたとおり、日本のサロンパスの方が、やはりスムーズに貼れ、また剥がすことができ、効き目もよいようです。夫の出張の折り、買ってきてもらいました。

（百合子　評）

どうしてこんな楽しい句が出て来るのかしら。作者の背中や足には、サロンパスが貼ってあるのかしら。この葉が舞うように、サロンパスも身体のあちこちに舞っているということかしら？（由美子　評）

小さき指はじける葡萄を摘まんとす（作者不明）

例 稚児の指小さく葡萄摘まんとす（葛　添削）

枯れ葉舞うカフェテラスにジャズ流れ（作者不明）

おしゃれで素敵な句です。少しジャケットの襟を立てて、カフェオレを飲みながら、足元はジャズのリズムを取っている。視覚と聴覚が研ぎすまされ、映画の一シーンを見ているようです。（百合子　評）

ファサードに彫られし菊のキリシタン　睦美

かって、徳川時代には禁制だったキリスト教。キリスト教に限らず、個人が信じ切っている宗教の力には大変なパワーがあります。新天地を求めて、遥か彼方海を渡って異国まで渡ったキリシタンの足跡が、菊のキリシタンなのでしょう。今でこそ、マカオは日本から近い？けれど、二百年、三百年前は、本当に、地の果てだったと思います。信仰の力は凄いです。良い句です。（葛　呟き）

初氷抜き足さし足踏んでみる　百合子

札幌もいよいよ冬到来で、スキー場もスケート場も始まりました。子供の頃、池の水が氷になり、こわごわしながら池の水に足をふみ入れたのを思い出しました。だいじょうぶかしらと、ひと足ひと足が、この句のように抜き足さし足なのです。まだ固くない初氷、そして、ぬき足さし足と、様子が目に浮かぶたのしい句となっています。（由美子　評）

一二三字画読んでる文化の日　（作者不明）

作者は事典で、難しい字の読みを調べているのでしょうか。真摯な姿が目に浮かびます。

国外から日本の国をながめてみると、果たして文化国家と言えるかと考えてしまいます。今だ偏差値教育に固執する人達、個性はつぶれてしまい、あたりさわりのない人間がどんどん育っていくのではないかと、懸念しています。バリアフリー化も広がりつつあるようですが、物質・精神の両面において、豊かな文化国家になるには、我々大人の責任は重いとつくづく感じます。（百合子　評）

葡萄色染まった爪をなめてみる　美子

言葉を整理して――

例 葡萄食べ葡萄色に爪を染め（葛　添削）

暮れなずむ空に百ほど雪蛍　由美子

北国の晩秋の風景を、見事に描いた句ですね。かって父の転勤に伴い、数年過ごしたことのある街を思い出しました。（百合子　評）

枸杞の実に長寿の願い漬け込んで　睦美

枸杞の実には、色々な薬効があると聞きます。祖父母、或いは老父母の為に、心を込めて枸杞の実を漬けているのでしょう。作者の優しさが感じられてきます。良い句です。（葛　呟き）

ザビエルが石だたみ踏む秋の暮れ　睦美

遠い昔、フランシスコ・ザビエルは、スペインからキリストの教えを伝えるために、インドなどを経由して、日本の平戸から日本各地に神様の話を広めました。教科書などで知るザビエル神父ですが、突然俳句の中で出会いました。違和感なくザビエル神父が、俳句の中で生き生きとよみがえってきます。作者の着眼点のすばらしさに脱帽です。（由美子　評）

肩の凝りぐんぐん上り秋深し　葛

肩の凝りが肩・首・頭にまで上るに比例して、秋も深まってくるのでしょうか。私も、今この状態で実感の句です。（百合子　評）

秋の昼入れ混む店のひとり蕎麦　美子

年のため、ラーメンよりおそばです。一週間に一回はおそば屋さんへ出かけます。今日の昼も、散歩をかねて三十分程歩いておそば屋さんへ。ほとんどが二人連れですが、やっぱりこの句の様に、ひとりでおそばを食べている人がいました。入れ混む店という表現で、この店もおいしく繁盛しているのがわかります。（由美子　評）

夫の靴落葉と共に帰宅せり　由美子

手入れの行き届いた靴が、落葉が敷きつめられた道を、ここちよい音をたてて歩いている。動きとやさしさが感じられます。（百合子　評）

冬うらら大足小足大行列　　善子

面白い、良い句です。日本では今、伊能忠敬の足跡を辿るウォーキングが、全国縦断されています。この句を一読して、このことを思い浮かべました。人間、足から衰えてくると言われています。一日一万歩、なかなか難しいですが——（葛　呟き）

咳きの子を抱き続けて夜明ける　　（作者不明）

少し言葉を整理して——

例 咳きの子を抱き夜明けの薄明かり

参考までに——

「咳の子のなぞなぞあそびきりもなや　中村汀女」の有名な句があります。（葛　呟き）

寝癖撥ねとんちんかんに蓮の実飛ぶ　　葛

蓮の実が、あらぬ方向に飛んでいってしまうように寝癖がはね、ちょっと困っている

作者。リズミカルで、おもしろい動きがある句です。（百合子　評）

赤とんぼすいっと流れて過去へ行く　美子

作者は赤トンボをきちんと目にとめていたのではなく、何か考えごとなどしている時に、赤トンボがスィーッと目の端に入ったのでしょうか。そして、同時に、遠い昔を思い出したのでしょうね。赤トンボと一緒に過去へ行くという表現がいいですね。（由美子　評）

まっさらなノート片手に文化の日　（作者不明）

「まっさらな」が効いています。文化の日を契機に、何か決意があるのでしょうか。まっさらなノートは、いかようにでも染まります。（百合子　評）

新米のつやを愛でつつはふはふと　睦美

同じお米を食べる食文化の民族でも、かなりお米の質も、食べ方も異なるものだと感じます。以前、何かの本で読んだのですが、インドで日本人が美味しいと思うお米は、インドの下層民が食べるようなお米で、使用人が買ってきてくれないとか。ある知人の言によると、招かれて中華のコース料理を食べた時には、決して、チャーハンや麺類のことを褒めてはいけないと、箸はつけない方がむしろ良いのですと――。褒めるとは、もっての外との言葉。？というのは、様々な中華料理のコースの終わりに出てくる御飯、麺類は、今まで出された料理では腹が満足できていない。だから食べるということになるのだそうです。と言われ、な～るほど！で、時々中華レストランで白いご飯がなかなか出てこない、理由がわかりました。ただし、庶民の食べ方の時は、気にしなくてもいいとのこと。だって、辛いマーボ茄子やマーボ豆腐に白いご飯、なんとも美味しい庶民の味なんですから。

その点、日本の庶民にとっての、新米の炊きだちの白いご飯と味噌汁と漬物、これほど満足できる食べ物はない！日本人は米を主食とする民族だ、とつくづく思うのは私だけでしょうか？

この句は、新米の炊きだちのご飯の美味しさを余すところなく表現して、幸せ感を表していいます。いい句です。（葛　呟き）

日向ぼこ話しかけて来そうな犬と猫　（作者不明）

少し言葉を整理して——

例 日向ぼこ犬と猫とわたしの時空（葛　添削）

木の実落つ内閣告示の仮名遣い　葛

読書の秋、旧仮名遣いで書かれた文章が、新仮名遣いに改めて読みやすくなっているものの、作者の意図するものや文章の背景が希薄になり、風情がなくなってしまうように思われます。作者の憤が感じられる句です。（百合子　評）

友あれば秋惜しむ旅淋しからず　（作者不明）

作者の意と異なりますが——

例 秋うらら友との旅をゆるやかに（葛　添削）

秋日さす読みかけの本そのままに　（作者不明）

秋の日が、さっきまで読んでいた本の頁をそっと照らしている。澄んだ、穏やかな情景が目に浮かびます。（百合子　評）

何の虫？ほんのり青く冬を告げ　　善子

「私は泣き虫、綿の虫」と呟きたくなるような句です。初冬の冷え冷えとした大気と、蒼いかげろうのような弱々しい虫を連想します。良い句です。（葛　呟き）

カット：由果

へそ曲がり
つむじ曲がりで
寒太り

葛

心のしおり（50号）　一九九九年十二月二十二日　日本人倶楽部にて

連句もどき「二千年への序奏」の巻き

一　初茜上目使いに二千年　葛
二　清浄なる気配満ち満ちてあり　美子
三　新世紀地球に芽吹く新生児　善子
四　旅の始めに似た心地なり　睦美
五　気心の知れた友と歩く街　百合子
六　銀杏落ち葉の御堂筋通り　葛
七　あの人の歌声ひびく秋夕日　美子
八　日本列島縦断映像　善子
九　北の国紅葉早足たどり着く　睦美
十　友の便りに心はずむ日　百合子

一一　好奇心いっぱい迎える新世紀　紗智子
一二　サイバースペース　ヴァーチャルリアリティ　美子
一三　木の実降るカタカナひらがな文字の音　葛
一四　ことばしりとり俳人の会　善子
一五　名月を肴に飲む旨い酒　百合子
一六　グラス傾け今宵ふけゆく　睦美
一七　春浅し花衣の桜のかすむ山　紗智子
一八　夫の背中見つつ登りぬ　葛
一九　朝まだき富士の嶺近くつばめ飛ぶ　美子
二十　富士見える村人は素朴に　紗智子
二一　人生は裾広がりとミレニアム　善子
二二　うず潮輪を描き岸にたどり着く　睦美
二三　海峡のトンネル抜ければ津軽灘　葛
二四　北国の人心やさしく　百合子
二五　函館の夜景なつかし月も出ぬ　美子

二六　夜景対決北に軍配　善子
二七　歳末の店のにぎわい買いすぎて　紗智子
二八　居間にグッズの包み紙の山　葛
二九　カーテン越しほのかに光る宵の月　睦美
三〇　心踊る開くプレゼント　百合子
三一　花散里普通の暮らし楽しみて　美子
三二　年の終わりの家族の集い　紗智子
三三　紅白はかかせぬはずと夫いいて　善子
三四　歌合戦の合間にみかん　葛
三五　暖かき光に包まれ歩く人　百合子
三六　桜吹雪を肩に浴びつつ　睦美

尾原葛　七句
江本美子　六句
伊藤善子　六句
大西紗智子　五句（大西幸子）
萩野百合子　六句
吉澤睦美　六句
香港日本人クラブにて
（一九九九年十二月二一日）
香港俳諧氏の面々の集いから

私のY2K問題

二〇〇〇年、明けましておめでとうございます。

世間はY2Kでは大きな問題も起こらず明けたようですが、私は一九九九年十二月三十一日未明より言い知れぬ悪寒におそわれ（十二月二十五日より一時帰国しておりました）早速、休日当番医をさがし、タクシーを走らせ、待つこと一時間余り、診察たったの三分、「ああ、風邪ですね。もっと熱が上がればインフルエンザでしょう。薬出しておきましょう」と、医者の言葉。「エーッ、何で⁉ 日本にせっかく帰ってきたのに風邪ひくの」と、わめきたいのをぐっとこらえて、会計と投薬にまた一時間近く待たされてフラフラになって帰宅。実はその二日前に、横浜に住む母が風邪をこじらせ倒れ、入院をして病院と実家の間を走り回っており、その時に風邪をもらったようです。

家に帰った私はバタンキュー。夜の七時まで昏々と眠ってしまいました。その間、夫と子供たちが食事を作り、おせちの支度や掃除をしたり、家事を全部やってくれました。案の定、熱は三十九度まで上がり、初詣に行った息子が、「お母さん良くなるようにお守りもらってきた」などと、殊勝なことを言ってくれました。

開けて二千年の昼になっても熱は下がらず、布団の中で「ああ、これが私のY2K

問題なのだ」元旦から寝込むとは、生まれてこのかた初めて。本当に身近なところでY2K問題はおきました。母の容態もおちつき、私の熱も下がり、三日に予定通り香港に帰ってきました。

私が寝込んでいる時、あんなに甲斐甲斐しく家事を手伝い、やさしい言葉をかけてくれた息子も、私が元気になると、元通りの反抗期のにくらしい口を聞き始めました。

昨年末より、買物をすれば衝動買いとなり、講座に申込みをすると、全然自分に合っていなかったり、手首は傷めるわで、出ると負け状態が二年越しで続いてしまいました。今年は、石橋をたたき、尚且つ大胆に生きて行こうと思います。

（萩野百合子）

〃ハリーに夢中〃

魔法使いのお話は好きでしょうか？

若い女性はその昔〃魔法使いサリー〃に夢中だったでしょう？私はサリーちゃんとは面識がないけど〃魔女の宅急便〃の小さい魔女さんには声援を送った一人です。グリム童話にも魔法使いは多勢出てくるし、面白くてワクワクするようなお話には、魔法使いが必ずいて、私達に魔法をかけるのです。

〝ハリー・ポッターと賢者の石〟読みましたか？

私はすっかりこの物語に魅せられて、私にもホグワーツ魔法学校から入学許可証が来るといいのにとか、ニンバス二〇〇〇（箒）で急降下する時の気分はどうだろう。こわくてオシッコ洩らしちゃうかもしれないとか、バーディ・ボッツの百味ビーンズの鼻くそ味でもいいから、食べてみたいなどと思っています。

魔法なんてありえない、そんなのは子供の空想、大人はちゃんと働いてお金をかせぎ、世間様からうしろ指さされない様気を付け、決して不思議とか神秘とかそんな非常識なことには首をつっこんではいけない、なんて思っていませんか？そう思っている人もだまされたと思って読んでみて下さい。この世界だけが世界じゃないってことに気付くはず。

魔法使いの世界も、この世と同じく勇気のある者、泣き虫なの、いたずら好きなの、悪がしこい者など種々雑多です。新聞もあるし、銀行もある。郵便は伝書鳩ならぬ伝書ふくろうが活躍しています。俗人、凡人で魔法を理解しない伯母夫婦にやっかい者扱いにされながら、十一才の誕生日を迎えたハリーに届いた一通の手紙。ホグワーツ魔法学校からの入学許可証が、ハリーを未知の世界に導いてゆきます。

今までにC．S．ルイスやトールキン、荻原規子等のファンタジー作品を愛読してきましたが、J．K．ローリングのハリー・ポッターは、それらの作品にまさるとも劣らない面白さで私を魅了しました。ハリーが本物の偉大な魔法使いになるまでハラハラ、ドキドキ、ワクワクしながら応援しようと決めています。何はともあれ〝ハリーに夢中〃な私です。

もしあなたが魔法使いなら、ちょっとふくろう便を飛ばして、私にだけは知らせて下さいね。

（江本美子）

人差し指

私の左の人指し指は、第二関節から十五度か二十度位右に曲がっている。小学生の時、ドッジボールに命をかけていた時の名残だ。昼休みや放課後、誰よりも一番に運動場の場所取りに走っていた。最初にこの指を突き指した時、保健室か病院に行って（どうだったか覚えていない）包帯ぐるぐるで、治る事を待つことなく、すぐにまたやり始めたと思う。でも、また同じところを突き指してしまったのです。

病院に行って、レントゲンを取られた。先生のところに呼ばれ、先生はその写真を見ながら、しばらく沈黙の後、突然
「お父さんは――（と間があり）元気にしとらすね？」

えっ、私の指は、お父さんに何か言わなきゃならない程、大変な事なのかと、頭の中はぐるぐるだった。

「エッ、エッ、指、大変なんですか？」

と恐る恐る尋ねると
「いや～、先生は、あんたのお父さんと同級生ったい」

と、その場の先生の真剣な写真を見る目に、翻弄された子供の私でした。


「この指、まっすぐになりますか？」

「中指にちょっと重ねれば、わからん、わからん」

となんだかなァ～の先生でした。

そして、本当だ。わからん、わからんと納得の私でした。


（伊藤善子）

テンポラリーな楽しみ

毎年、旧正月に我が家のマンションの入り口で繰り広げられる、ライオン・ダンスショーを今年も見ました。初めて香港の獅子を見た時は、その可愛らしい顔立ちに驚いたものです。お正月が近づいてきた！という感覚も、旧暦で祝うのが頭の中にすっかり定着しつつあります。それればかりではありません。香港での年間を通してのイベント&祝日のリズムも、此処での滞在が長くなるにつれて自然に頭の中にインプットされており、季節のリズムが見事（?）に出来上がっているのを感じます。これって面白いと思いませんか？

かと言って、旧正月に黄大仙へお参りに行く程、当地の習慣を守っている訳でもなく、基本的な習慣は日本のままで（これは一生変わらん?）、どちらともつかない所が多分にあります。この中途半端の状況が何とも複雑で、ユニークな生活である事を、最近は楽しんでさえいます。

そういう生活の中で、葛さんにしおりの会に誘って頂いて、俳句に関わる事が出来たのは、香港での経験のTOP THREEに数えられるものでした。中でも句会の時に聞く皆さんの解釈が、人それぞれで面白く、想像の広さを感じさせてくれます。それを聞くのが好きで、自分で満足いく句が句会の時までに作れていなくても、句会には出たいという気持ちがありました。〟心のしおり〟Ｖｏｌｕｍｅ50まで続いたのは素晴らしい！句会がなくなるのは残念ですが――、この後も俳句を作って行かれたらいいなあと思っています。

（吉澤睦美）

くずさん　ありがとう

〟ありがとう〟私には、この言葉がすべてです。しおりの皆さんも、同じ気持ちだと思います。

香港の思い出をたどると、葛さんの出会いから始まります。不安と緊張、そして未知への興味と、そんな気持ちで香港生活がスタートしました。そして、すぐに葛さんと知りあえました。暖かで飾らない人柄に、私はこの人と友達でいたいと強く思いました。それには、葛さんおすすめの俳句です。俳句のはの字も知らない私でしたが、そごうのまえで〟私、俳句おしえて下さい〟と葛さんに答えていました。葛さんは、パソナで俳句の勧誘をしていました。二人では句会ができないそうで、とにかく仲間をつくらなければと、そんな私達に答えてくれたのが十八才の由果ちゃん、結婚したばかりの、のぞみさん、都会的雰囲気の善子ちゃんと、私のイメージする俳句とは、対極の若々しい人達との出会いでした。

ここから、私の楽しい香港生活が始まりました。俳句を作るのはなかなか大変ですが、みんなと集まり、句会の楽しさを知りました。それからすぐに、俳句の友達の輪は広がりました。裕子さん、真澄さん、幸子さん、美子さん、睦美さん、私が帰国後入られたてる子さん、百合子さんと、素敵な人達で構成され、今日まで続いています。

私にとって、しおりの人達とのかかわりが、こんなに心深く、そして、沢山の良い影響を受けるはじまりとは思いませんでした。ですから、葛さんとの出会いは、大きなことの始まりだったのですね。

何もわからない私達を、ここまで引っぱってくれた葛さんにただただ感謝です。私が帰国する時〝心のしおり〟は三十号でした。それがもう五十号になります。毎月休むことなく作られた〝しおり〟くずさんの努力のたまものです。私にとって、香港で得た素晴らしい人達との出会いを喜び、そして、この五十冊の〝心のしおり〟は香港の宝として大切にしてゆきます。

くずさん、本当にありがとう。言いたりない思いですが、この辺でね。

香港のみなさん、くずさんの帰国が決まり、どんなにかさびしい思いをしていることと思います。二〇〇五年の再会を楽しみにして、私はすごしてゆきます。一月末に、私はもっと北の果て、釧路へゆきます。主人の出向のため、釧路湿原、霧の町というイメージの釧路です。では、みなさんもお元気でね。


（竹原由美子）

私と俳句

なぜ俳句に係わっているのか？　自分自身わからない。俳句が好きかと問われれば、余り好きでないと答える。何故なら、毎月、毎月延々と句を作らないといけないのが、怠け者の私には重荷なのである。ならば俳句との係わりを捨てればいい。でも、永い間細々ではあるが続けているので、捨てるにはちょっと惜しい気がするのである。私と俳句の関係は、腐れ縁で繋がっている男女の関係のようなものなのかも知れない。

自分が延々と俳句を作り続けるのを重荷に感じているので、人に余り強引に俳句を勧められない。勧める時には、ちょっと後ろめたい気がする。なんだか、人に新たに重荷を背負わせるようで申し訳ないのである。でも、「心のしおり」のメンバーの方には、申し訳ないが、運悪い人に出会ったと諦めてもらうしかないと常日頃おもっている。

スポーツでも、習い事でも、一人で長く続けることは難しい。余程の信念と努力が無いと続かなくなる。その点私は、香港で運良く、由美子さんと出会い「しおり」という句会の場を持てることができ、非常に幸運であったと思う。怠け者の私にとって、しおりは、良い意味での足枷？となって、俳句を休眠できない状態に追い込んでくれた。しおりのメンバーの方には、はた迷惑であったでしょうが、私にとってはラッキーでした。感謝！感謝！有り難うです。

しおりのメンバーの方も、少しづつ入れ替わってきましたが、しおりの冊子は、五十号という輝かしい号を重ねることができました。なんと素晴らしい！ことなんだろうと思うのは私だけではないでしょう。これは、メンバーの方々の毎月の選評、随筆等々。善子ちゃん始めメンバーの方々のカット等、全員が書き手となったことによって、しおりは充実した内容の冊子となったと思います。香港生活の正に「心のしおり」になりました。有り難うです。

終わりに、しおりの方々、これからの人生の中で、何かの折りに、「書くこと」を頼まれることがあれば、断ったりせずに、心よく依頼を受けてくだされ。皆さん、充分に「ものを書く」目と心は養われていると思います。大丈夫ですぞ！

俳句とは別に、パソナの英語クラスは、考えてみると私の香港生活の要でした。俳句の勧誘作業？はここで始まりました。ただ英語に関しては、一向に芽が伸びないのですが――。「しおり」のメンバー、北京・台湾の旅。ウノカード。共に英語クラスから派生したものです。

それと、卓球。卓球がなければ運動不足でもしかしたら――

若の花〜〜〜、貴の花〜〜〜、の体型になっていたかもしれん。

あ〜〜、恐ろしか〜〜〜。

香港の生活は、五十才過ぎての第二の青春のようで、呑気で、気儘な暮らしでした。

ただし、「上達」という言葉には程遠い英語！

分厚い壁の前で、ピョン、ピョン、飛び上がって、A、B、C、A、B——と唱えている、メガネの丸顔のおばさんの姿があるのみですが——

（尾原葛）

京都にて再会　平成17年（2005）

●著者プロフィール

尾原　葛（おはら　くず）

1944年、徳島市生まれ。

30歳過ぎから俳句を作りはじめる。現代俳句協会会員。俳誌「麦」同人。

1986年「麦」新人賞。

著書に『二人で78さいと14かげつ』(1983)、宗武子《そうたけこ》『鮎が飛んだ』(1995)、句集『デッサン』(1989)、句集『てくてくてく』(2004)、共著に『阿波』(2015)。

心のしおり—— 初心者俳句入門in香港

令和５年11月20日　初版発行

著　者　尾原　葛

発　行　リトルズ
〒606-8233　京都市左京区田中北春菜町26-21　小さ子社内
電話：075-708-6249　FAX：075-708-6839
メール：info@littles.jp　ホームページ：https://www.littles.jp/

発　売　小さ子社

印刷・製本　株式会社イシダ印刷

ISBN978-4-909782-74-8